U0506801

宋譞 任鹏 著

四川文艺出版社

图书在版编目（CIP）数据

记忆大师 / 宋譞，任鹏著. — 成都：四川文艺出版社，2017.4

ISBN 978-7-5411-4621-3

Ⅰ. ①记… Ⅱ. ①宋… ②任… Ⅲ. ①中篇小说－中国－当代 Ⅳ. ①I247.5

中国版本图书馆CIP数据核字（2017）第068909号

JIYI DASHI

记忆大师

宋 譞 任 鹏 著

监　　制　陌子涵
产品经理　周裕昶　林怡君
责任编辑　王筠竹
装帧设计　叶　茂
责任印制　喻　辉

出版发行　四川文艺出版社（成都市槐树街 2 号）
网　　址　www.scwys.com
电　　话　028-86259287（发行部）　028-86259303（编辑部）
传　　真　028-86259306

邮购地址　成都市槐树街 2 号四川文艺出版社邮购部　610031
排　　版　四川最近文化传播有限公司
印　　刷　成都市金雅迪彩色印务有限公司
成品尺寸　142mm × 210mm　1/32
印　　张　7.25　　字　　数　140 千
版　　次　2017 年 5 月第一版　　印　　次　2017 年 5 月第一次印刷
书　　号　ISBN 978-7-5411-4621-3
定　　价　39.80 元

Whoever fights monsters should see to it that in the process he does not become a monster. And if you gaze long enough into an abyss, the abyss will gaze back into you.

——Friedrich Nietzsche

与怪兽搏斗的人要谨防自己因此而变成怪兽。如果你长时间凝视着深渊，深渊也会凝视你。

——弗里德里希 · 尼采

谎言是最关键的口供
陈正道 作品 A LESTE CHEN FILM / 任鹏 编剧 WRITTEN BY RYAN R
段奕宏
DUAN YIHONG
4.28 脑内开战
记忆大师
BATTLE OF MEMORIE

记忆
是最危险的
证据
黄勃
4.28 脑内开战
作品 A LESTE CHEN FILM / 任鹏 编剧 WRITTEN BY RYAN REN
记忆大师
BATTLE OF MEMORIES

沉默
是最强大的
指控
徐静蕾
XU JINGLEI
4.28 脑内开战
CHEN FILM / 任鹏 编剧 WRITTEN BY RYAN REN
记忆大师
BATTLE OF MEMORIES

人心是最致命的凶器

陈正道 作品 A LESTE CHEN FILM / 任鹏 编剧 WRITTEN BY RYAN REN

记忆大师

BATTLE OF MEMORIES

4.28 脑内开战

许玮甯

HSU WEINING

冷漠
是最残忍的
帮凶
杨子姗
YANG ZISHAN
4.28 脑内开战
陈正道 作品 A LESTE CHEN FILM / 任鹏 编剧 WRITTEN BY RYAN RE
记忆大
BATTLE OF MEMORIE

1.

慕名来到记忆大师的人远比江丰想象中要多。他最初得知这个机构是在公寓的电梯广告上。

一年前记忆大师在各大媒体都做了铺天盖地的宣传。当时江丰还对此嗤之以鼻，觉得广告实在是夸张得离谱。

他坐在沙发上，笑着对妻子张代晨说道：

“记忆都可以被删除、提取？想想是挺厉害的，但谁敢做啊？技术成熟不成熟不知道，万一出了问题，脑子还不坏掉了。”

事实上，记忆大师一经商业化使用，就立刻引起了社会热议。

记忆删除服务可以称得上是供不应求，客户多得都排到了下一年。

与之相反的是抗议的声音。不少民众认为这项技术有悖人道，不能投入商业化使用，甚至应该制止并废除。

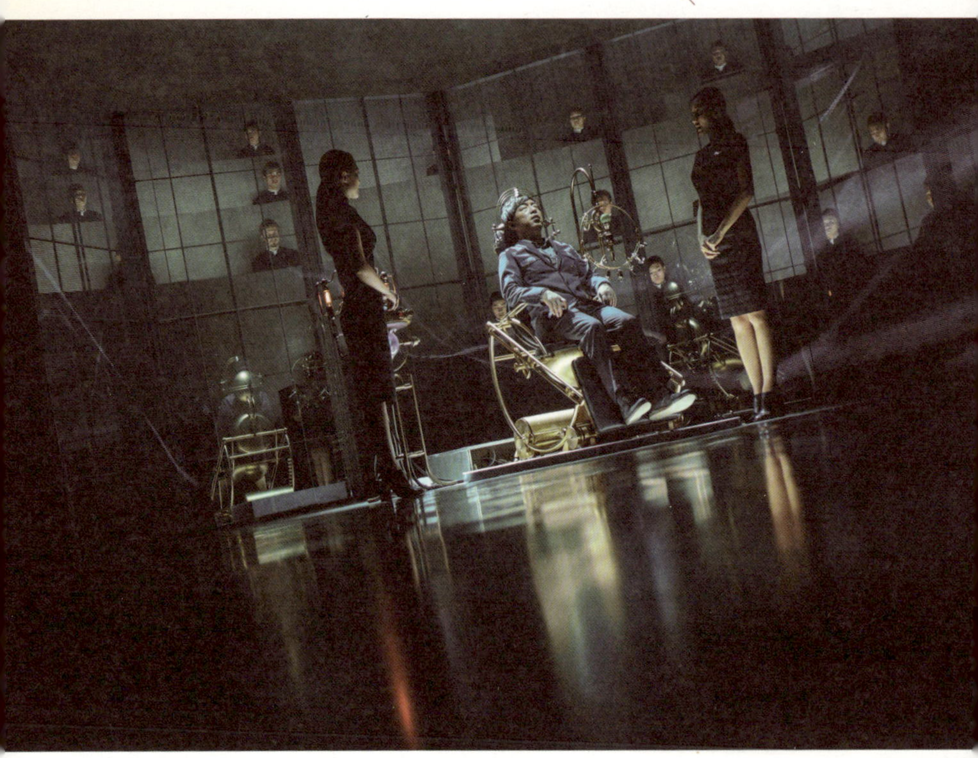

江丰身边倒还真有人尝试过记忆删除的服务。

几个月前，在小范围的同学聚会上，梁哲就说出了让所有人都大吃一惊的话：

“我离婚了。孩子判给前妻抚养。”

江丰的大学同学梁哲和妻子是同学间公认的模范夫妻，大家都觉得难以置信，忍不住问了起来。

“到底为什么呀？”

“不至于到离婚的地步吧？有什么话不能坐下来好好谈谈吗？”

“你也别太难过了。真的不能挽回了吗？”

然而梁哲的反应却和大家想象的不太一样。他并没有表现得十分悲伤，一直面色平静地听着大家的劝慰。

“我去了记忆大师，做了记忆删除。”

听到这句话，大家都愣住了，氛围有些奇怪。

梁哲摆了摆手：“没有你们想象的那么复杂。就是把一些不愉快的回忆取出来而已。”

有人问道：“你、你现在已经把老婆和孩子都忘掉了？”

“怎么可能？只是把部分回忆和情感取出来。我当然还记得他们。”

一名女同学皱着眉头问：“为什么要这么做？梁哲，虽然你们离婚了，但还有很多美好的回忆。你就忍心把那些回忆都取出来？”

梁哲想了想，苦笑着说：“因为太痛苦了。但……但那种痛苦的感觉我已经不记得了。”

又有人问道：“那这么说，你现在对前妻一点感觉都没有了？”

梁哲挠了挠头发：“可以这么说吧。那种刚分开时撕心裂肺的感觉完全没有了。”

江丰坐在位子上一直没有发言，他沉思了许久才问道：“真的会没有感觉？”

“真的没有了。”

——对她的感情，真的没有了。

“预约16号。江丰，江先生。”

一个声音把江丰从回忆中拉了回来。

啊，到自己了呀。

江丰从等候区的沙发上站起身来。

一名容貌姣好的女接待员冲他露出微笑。

“江先生，我带您去理疗区。”

“谢谢。”

江丰跟着接待员在大厅内等候电梯。

记忆大师接待中心的LED显示屏上正滚动播放着广告。巨大的LOGO让江丰觉得有些刺眼。

只见大屏幕上出现了一位韩国女生，她的身后悬浮着数十张与男友亲密的合影。

女生悲伤地说道：“都分手一年多了，为什么我还是忘不掉他？我什么办法都试过了。但我还是会想起分手那天他说的话。我真的很痛苦，是不是没有办法再爱上别人了？”

画面一转，一名美国大兵站在枪林弹雨的战场中对着镜头说道：

“在那场战争中，我亲手杀了五个人，很多年来我一闭上眼睛就会看到他们。有人说时间会淡化一切，但我怎么都忘不掉。”

画面再次变幻。这是一条灯光昏暗的小巷，雨滴凝结在空中。

一名印度少女站在雨中抽泣着说道：“那天放学回家，我被三个男人侵犯了。虽然那件事已经过去三年了，但我怎么都忘不掉他们丑恶的嘴脸。每到下雨天，我就会回想起那晚发生的事。”

屏幕黑了一下，幕布被拉开，三人同时出现在了一个舞台上。

他们异口同声地说道：“难道我们一辈子都要带着痛苦的回忆活下去吗？”

一位穿着白大褂的医学博士从三人的身后走出，他高声念起了宣传语。

“删除多余回忆！享受轻松生活！记忆大师医疗中心已经独家引进先进的专利记忆存取技术，为您解决一切情感创伤！”

接下来，则是几名已经删除记忆的客户在讲述这项技术为自己带来的益处。

江丰扭过头，没有再继续看大屏幕上的广告。

电梯到了，他跟着接待员走了进去。

“三层是记忆学堂，每周都会有专业的教授进行授课。我们的学员每年都会在国际记忆比赛中获奖。”

“四层是我们的内部人员活动中心；五层是存储室……”

接待员做着简单的介绍。记忆大师为了进行产品推广，还特别向普通人开放了部分场馆的参观服务以及记忆知识讲座。

但江丰今天来，可不是为了听什么讲座的。

随着电梯逐渐升高，他的心脏越跳越快。

那是因为，删除记忆——这也正是江丰来到记忆大师的目的。

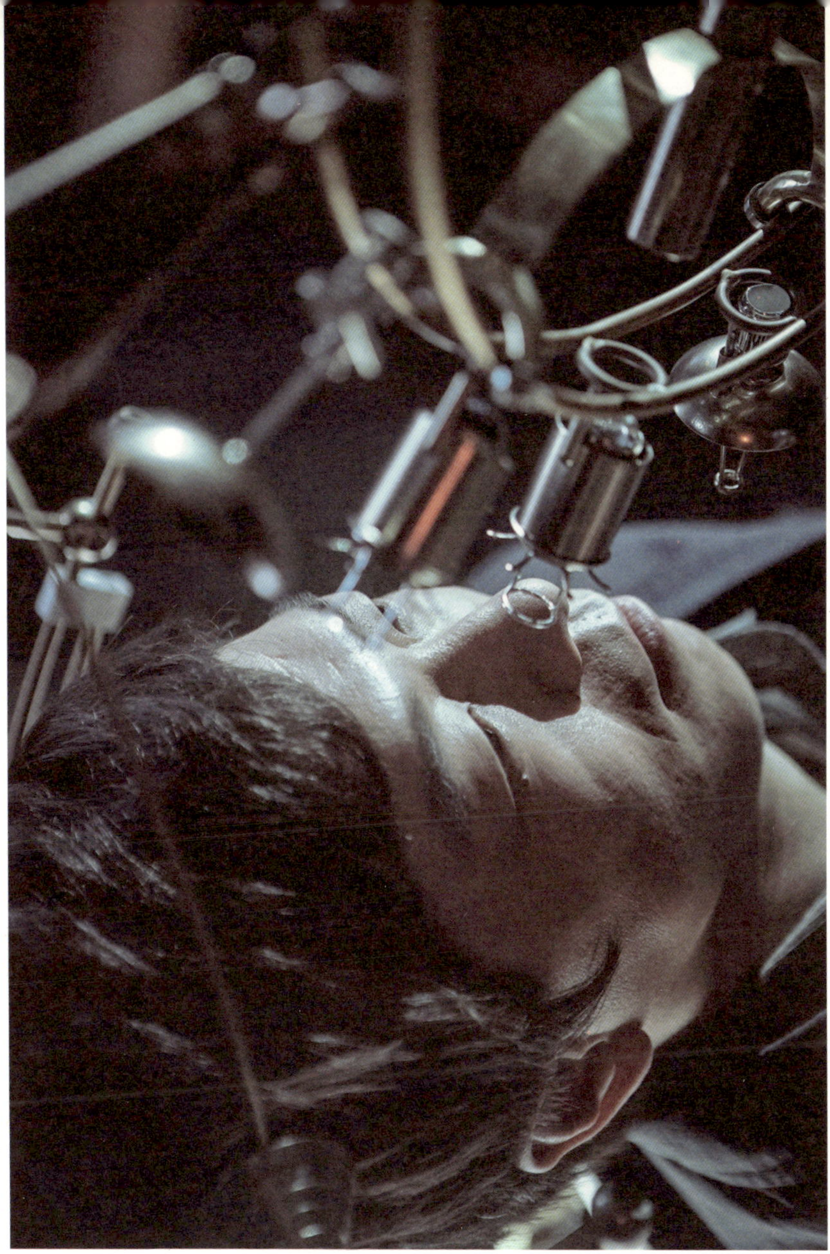

2.

“你的意思是——进入休眠状态后，可以自动浏览记忆，随后再把自己不想要的片段打上 × 号就可以？就像在电脑上剪辑视频一样？”

江丰穿着特制的服装，坐在手术椅上，一脸疑惑地询问着护士。

“是的。”

“你们是怎么做到的？”

“很抱歉，这个我也不太清楚。您可以去记忆学堂咨询。”

这个护士的态度明显没有刚才的接待员好，说话冷冰冰的，但没准她就是这样的性格。江丰心想。

护士向江丰的右臂注射了一管液体。按照规定，她向江丰讲解了用药成分，但他压根儿没听进去。江丰的脑海里满是妻子张代晨的身影，人的记忆可真是奇怪，他心道：难道这些画面知道自己就要被取出，所以才一股脑地冒了出来？

“再说一下注意事项。如果觉得身体不适就按一下右手拇指压着的按钮。”

“好的。”

“那可以开始了？”

“可以了。”

江丰决定从两人见面的那天看起。

3.

十三年前。

记忆重绘

江丰神情失落，怀里抱着一沓书稿，缓步从出版社门口走了出来。

他热爱写作，从两年前起开始向出版社投稿。起初编辑连回复都不会回复，到后来偶尔会有一两封邮件反馈，但绝大多数还是石沉大海。

不过单是收到回复就已经让他欣喜若狂了。

“创意不错，再修改一下故事的细节。”

“能不能让男主人公再……”

为了出版自己的第一部小说，江丰已经和出版社沟通了很长时间。但就在刚刚，他的编辑这样说道：

“江丰，实在抱歉，我们总编说这个题材现在可能不

太好卖，所以打算取消这项出版计划。实在抱歉。我个人还是很喜欢……”

努力了这么久，却是这样的结果。江丰有些恼怒，但却无从发作，他甚至有点想把怀里的稿子扔到垃圾桶里去。他强忍着这样做的冲动走出了出版社。

在穿过旋转门时，有个女生急匆匆地走了进来，两人撞在了一起。

江丰的书稿散落一地，被大风吹得四处飞舞。

江丰愣了一下，下意识地去捡自己的书稿。

他捡了七八张，突然注意到那个撞到自己的女生正蹲在地上，看着手里的一张书稿。

江丰凑过去，啊，那上面写着标题——《夜雨》，是第一页。他有点紧张，除了编辑外，他还没有把自己的东西给别人看过。

“对不起，刚才进来的时候撞到你了。”

女生注意到江丰，抬起头对他说。她的眼睛很漂亮，出神地盯着江丰的脸。

“没、没事。”

江丰慌乱地避开对方的眼睛，继续捡起书稿。

“这是你写的吗？”

江丰没敢回答。

“很有意思呢。”

女生说道。

江丰停下了手上的动作。他回过头，两人的视线交织在了一起。

那天是他第一次见到张代晨。

十三年前的江丰觉得自己这辈子都不会忘记张代晨的脸。

十三年后，江丰为这段记忆标下了×号。

4.

十年前。

记忆重绘

房屋中介带着年轻的江丰和张代晨推门而入。

这是一间空荡荡的毛坯房，屋子里还弥漫着一股水泥味。

一进屋子，张代晨就兴奋地四处察看起来。

江丰默不作声地跟在中介身旁，看上去有点底气不足。事实上他正在盘算这套房子的总价，似乎要比自己的预期高出一大截。

中介的说辞显然是练习过不知道多少次的：

“这套房子的朝向、视野都是最好的。现在市中心很难再找到这样的新房子了……”

张代晨跑到床边，朝外看去，露出欣喜的表情。

“小丰！快来看，这里能看到绿地公园！”

还没等江丰走过去，张代晨又快步走到了另外一个房间。

中介注意到江丰的脸色。

他识趣地问道：“江先生，如果您觉得不合适的话……”

张代晨突然从房间里探出头来。

“喂，看都没看完，你怎么知道不合适？”

中介尴尬地苦笑。

江丰则看着张代晨从房间跑回客厅，冲着一片虚无指指点点。

“这儿放一个长沙发，这里放书桌，方便你写东西……”

听着张代晨的话，再想想自己的存款，江丰越发觉得心虚。

张代晨丝毫没有察觉到江丰的异样，继续问着：“房子采光不错，应该多放点植物。这附近有没有花市啊？”

中介摇了摇头，道：“江先生，江太太……”

江丰对这个称呼很敏感：“我们还没结婚。”

张代晨拍了下江丰的肩膀。

“你紧张什么，我会嫁给你的！”

中介继续问道：“方便透露一下二位的职业吗？”

“作家。他写小说，我写游记。他的小说《夜雨》卖得很不错，你看过没？”

“抱歉，我很久没有看书了。”

闻言，张代晨有点不高兴。

“那二位的购房计划是付全款，还是贷款呢？”

江丰立刻说道：“贷款。”

中介解释道：“二位应该是首次置业吧？这套房子什么都好，就是贵了点。如果你们收入不稳定，恐怕拿不到大额贷……”

张代晨打断中介的话道：“对啊！我爸也一直说他是个‘穷作家’，明明有个总经理的职务等着他，他非要干这行。如果贷不了款，那就让家里一次性付清算了！免得让别人看不起！”

中介听了，连忙道：“哎，是我多嘴。不好意思！不好意思！我给两位好好介绍一下……”

江丰看了张代晨一眼，心里有点不是滋味。

张代晨像是看穿了江丰的心思，用力挽住他的手。

“行了，我们自己看。不用你介绍。”

张代晨挽着江丰走到阳台。

江丰说道：“你干什么骗人家？什么总经理的职务，我们哪有钱一次性付清？”

“他可以看不起我，但不可以看不起你。”

“可是……”

张代晨用手捂住江丰的嘴：“我决定不写书了。回去我爸的工厂帮忙。你就专心写作，总有一天，全世界都会知道，你写的书可比这房子值钱多了。”

张代晨的话让江丰觉得心里暖暖的，他很感动。

张代晨将头靠在江丰的胸口问：

“你说我们要个孩子好不好？”

江丰回应道：“等我多出两本书吧，又买房子又要孩子，压力太大了。”

张代晨没有说话。

江丰为这段记忆标下了×号。

5.

五年前。

记忆重绘

荣华酒店最大的礼厅内正在举行着年度作家颁奖盛典。

江丰拿着奖杯，正站在讲台上发言。他背后的投影投出一行字：年度最佳小说《无声鸟》，作者，江丰。

面对台下诸多知名作家和学者，有那么一瞬间，江丰的神情有些恍惚。他在心里问着自己，这一切都是真的么？我的作品真的拿了奖？

在他愣神的工夫，台下的众人再次发出热烈的掌声——

江丰反应过来，连忙按照之前脑中想好的感言继续说道：“最后我还要感谢一个对我而言最重要的人——我的太太张代晨。没有她，就没有我的今天。”

掌声越发热烈了。

与此同时，江丰注意到，台下的妻子在擦着眼泪。

江丰走下舞台，快步跑到自己的座位，他给了张代晨一个大大的拥抱。

同桌的亲朋好友纷纷向江丰道喜。

一名体态发福的中年男人尤其高兴，他叫陆易，是江丰的出版商。这次《无声鸟》得了大奖，势必能让他再狠狠赚上一笔。他拉住江丰，嘴里不停地说着自己接下来的营销计划。

另一边，张代晨和江丰的母亲聊了起来。

“晨晨，你们最近有什么计划没？”

张代晨实话实说：“妈，我打算把工作辞了。”

“辞了好，辞了好！妈知道这几年辛苦你了。谢谢你这么支持江丰。”

“妈，这是哪儿的话。”张代晨犹豫了一下，还是说道，“我也打算在家里写点东西。”

江母愣了一下，脸上露出失望之色。

她握住张代晨的手，似乎是有什么话想说。

张代晨大概明白江丰的母亲想要说些什么。

江母叹口气道：“书嘛，什么时候都可以写的，但是……”

张代晨的眉头微微皱起。

“你别怪妈催你。生孩子这种事男人可以等，女人等不了。”

B A T T L E O F

记忆大师
BATTLE OF MEMORIES

江丰突然转过身来，兴奋地对妻子道：“晨晨，陆总的公司今年打算出版旅游文学，你想不想试试？”

陆易笑着附和：“我刚才听江丰说了，你之前写过几本书，都很畅销。我们出版社今年正有这方面的出版计划，而且女性视角，很有卖点。”

张代晨看了江丰的母亲一眼，换上轻松的表情对江丰说：“你看你，拿了奖就昏了头。我都这么多年没写书，现在都快忘了笔怎么拿了。”

江丰有点惊讶，因为妻子一直在和自己说想重新开始写书。

“怎么会呢，前一阵子你不是还在计划写……”

没等他说完，张代晨打断他道：

“陆总，实在不好意思。不如我介绍一个朋友给你吧，她叫Ada，也是写这类作品的，文笔很不错。”

陆易点点头：“好的，好的。小张，你自己也再考虑考虑。”

江丰察觉到了什么，他看了母亲一眼，又看了看妻子。

他想要安慰妻子，于是伸手握住她的手，但张代晨却把手抽了出来。

江丰看向张代晨，对她的反应感到难以理解。

江丰犹豫了一下，随即还是为这段记忆标上了×号。

6.

一年前。

记忆重绘

迷迷糊糊间，江丰觉得有亮光映在自己脸上。他睁开眼睛，发现台灯开着，张代晨屈腿坐在床上发愣。

床头柜的时钟显示现在是凌晨4点05分。

江丰搓了搓眼睛："晨晨，你怎么这么早就起来了？"

"习惯了。"

过了一会儿，张代晨自言自语地小声道："我要生下来。"

江丰的脑海里回想起前几天在妇保医院和医生的对话。

"你们的心情我能理解。但是作为医生，我必须提醒你们。明知胎儿畸形，还要生下来。将来不只是你们会后悔。"

江丰看向一旁的妻子，张代晨已经怀孕五个月，坐在椅子上发呆。

医生继续道："孩子也会很痛苦。"

江丰的内心非常纠结。

"如果你们决定好了，我会帮你们安排手术。"

——还是把孩子拿掉吧。

江丰从床上坐起身，抱住张代晨的肩膀。

"我们还可以再等。"

张代晨甩开他的手："还要等到什么时候？我等了三年才怀上他！"

她说完，一把掀开被子，手指着大腿。

"你知不知道我吃了多少药，打了多少针？"

江丰哑口无言。

"你不知道对不对？因为每天这个时候都是我一个人爬起来吃药，打针！"

张代晨眼睛红红的，情绪十分激动。

江丰不知道该怎么安慰她。

"你不用受这种罪，所以你才觉得放弃也没关系！"

江丰咬牙道："好！咱们以后不受这个罪了！我们不要孩子了！"

张代晨闻言，猛地扇了江丰一巴掌，随即自己的眼泪却止不住地掉了下来。

江丰迅速地为这段记忆标上了×号。

7.

一周前。

记忆重绘

江丰刚一进家门，就闻到一股酒味。

他换上拖鞋，走进客厅，只见张代晨坐在桌子前喝着红酒。

江丰没有说话，沉着脸走进书房。他把包里的一沓稿子扔到桌上，然后又掏出一台DV摄像机，放进了保险柜中，这才又折回了客厅。

江丰问道：“怎么喝这么多酒？”

因为酒精的缘故，张代晨的脸红红的，她没有回答江丰的问题，反而问道：“你还记得半年前Ada约我去印度玩吗？”

江丰点了点头。

张代晨从桌子上拿起一本书，醉醺醺地朝江丰丢过来，书掉在了地上。

江丰捡起书看了一眼，书名是《恒河足迹》。

“这里面写的把耳环掉进河里的情节，完完全全就是我的经历。根本是我口述给她听的。”

江丰走近妻子，张代晨的身上散发出浓烈的酒味，江丰皱了皱眉头。

“你不明白我在说什么吧？江丰，我也就跟你说说。”

“说什么？”

“你应该记得吧？当初是我把出书的机会让给她的。如果我来写，我会输给她吗？”

江丰开始收拾桌上的烂摊子。

张代晨依然自顾自地说着。

“以前都是Ada羡慕我，有好工作，嫁了个好老公，住大房子。现在好啦！人家才是畅销书作家。我只是个江太太，还是个连孩子都生不出来的江太太！”

江丰停下手上的动作，眼神不悦地望着妻子。

“江丰，你说如果我没有嫁给你，我的人生现在会是怎样？”

江丰还是不说话。

张代晨笑起来：“你不讲话是不是？”

她站起身来，拿着一瓶红酒，摇摇晃晃地走向书房。

江丰跟在她的身后。

张代晨指着书桌上的稿纸和墙上《无声鸟》的海报道：

“你是成功了，江丰。哈哈哈……但我呢？我的梦想呢？我的孩子呢？我就是要为了你而生活吗？”

说完这些话，酒劲猛地上涌，张代晨感到一阵头晕目眩，她扶了一下书桌，随后跌倒在书房的沙发上昏睡过去。

她手里的那瓶红酒倒在书桌上，把一堆书稿浸透了。

江丰脸色阴沉，妻子已经不是一天两天这样了。他知道两人之间出了问题，也尝试过沟通，但却毫无进展。

江丰看向湿透的书稿，心里越想越气，他一把抓住酒瓶。

窗户透进来的光线把书房分隔成明暗交错的区域。

江丰在光影中缓步走向妻子，他的面孔忽隐忽现。

他走到沙发边，对准张代晨举起酒瓶，想要砸下去。但下一刻，他却摇了摇头，为自己的行为感到吃惊和羞愧，他后退两步，重新将酒瓶放在了书桌上。

江丰折回卧室，从抽屉里翻出戒指盒和一份文件。他将盒子里的两枚戒指拿出来察看。戒指的内圈刻有字。

男士戒指里刻着“Sunshine”，女士戒指里刻着“Wind”。

江丰的眼圈红了。

他拿起文件，封面上写着几个字：离婚协议书。

至此，江丰为这段记忆标上了×号。

8.

江丰睁开眼睛，眼前一块白色的天花板。他过了好久，才缓过神来。

护士小姐凑近他问道：

“江先生，您好，您还记得您来这里干什么吗？”

江丰眨了眨眼睛：“我来删除记忆。”

“很好。请问您是否已经将所有要删除的记忆做好标记了？”

“是的。”

“标记的符号是？”

“叉号。”

“好。那现在我们就开始删除记忆。”

护士走到手术椅的后方，椅子上方有个可以活动的金属支架，支架连接着一旁的圆拱形理疗机器。

“江先生，可能会有些许的刺痛和晕眩感。如果不适请您随时告诉我。”

“好的。”

护士走到机器的操作面板前按下几个按钮。

手术椅平躺下来，金属支架上的机器闪烁着蓝色的光芒，来回移动扫描着江丰的头部。

江丰闭上了眼睛。

不知道过了多久，机器停了下来。

护士小姐说道：“江先生，您可以睁眼了。”

江丰感觉时间过了很久，在朦胧中，一片漆黑，意识清晰却毫无记忆可寻。

他睁开双眼，眼角有泪滴滑落。

手术椅已经恢复成座椅的状态。

“江先生，您是否感觉头晕、恶心，或者看东西模糊？”

江丰摇了摇头。

“没有。”

护士拿出一个黑色信封。

“那我现在问您一个您在手术前自己设定的预设问题：您还记得家凯和以贞吗？”

江丰在脑海中思索了一下，他从没听过这两个名字。

“不记得。”

“恭喜！您已经成功将想要遗忘的记忆删除干净了。”

护士把圆拱形机器上的晶片取出来——那是一个半透

明的薄薄晶片，里面有些蓝色纹理。她把晶片放在一个巴掌大的金属盒中。

江丰问道："这个手术跟我想象中不太一样。我感觉我还是记得发生过的事。"

一名胖护士走进房间，手中拿着一个采血器。

她说道："请把胳膊露出来，我们需要您的血液来制作DNA密码锁。"

胖护士在采血的时候，之前的那名护士在为江丰做着解释。

"大家对记忆手术可能有些误解。这个手术的重点不是删掉回忆，而是切断情感联系。"

胖护士采完血，用棉签为江丰压住伤口。

"比方说，做了手术你也不会忘记自己上过大学，参加过工作，结过婚。但因为你把其中的细节拿掉了，你也就记不得当时的具体感受。"

江丰下意识地想到了自己的学校，自己的工作，自己的婚姻。是啊，自己结过婚，妻子叫张代晨。但他却发觉自己无法感受到对这个女人的情感。

江丰点点头，表示明白了。

护士露出难得的微笑，她从金属盒上取下一个长条形的金属牌交给江丰，金属牌上有一串序列号。

"这是您的记忆晶片编号，如果您要取回记忆，就把它带过来。请您一定保存好。"

江丰拿在手里查看起来。

“万一弄丢了怎么办？”

胖护士道：“就算丢了我们也可以通过比对您的DNA序列找到您的记忆晶片。”

江丰点了点头，从手术椅上下来，他活动了一下脖颈。

轻松。

有什么沉重的东西从自己身体里被取走了。

这是他删除完记忆的第一感受。

9.

江丰出了手术室，在护士的带领下穿过一条长长的走廊。走廊两旁的房间不时有人进进出出，与他擦身而过。有的在按着胳膊，一看就是刚采了血；有的在认真听着护士的讲解。

与此同时，江丰发现大多数客人都戴着帽子或者墨镜，把脸藏了起来，像他这样毫无遮掩的人少之又少。

江丰看着来往的人群，问道："每天都有这么多人需要清除记忆吗？"

护士解释道："不都是来删除的，差不多有一半的老客户是来取回记忆的。"

江丰有些不明白。

"既然决定拿出来了，又何必放回去？"

护士笑了笑，没有回答，转而做起了介绍，言语间颇有些自豪。

"'记忆大师'在全球范围内有十七家医疗中心，全亚洲只有我们一家。也就是说，全亚洲所有做手术取出来的记忆都存放在这里。"

二人来到走廊尽头的一扇门前，护士推开了门。

"你可以想象一下，这里承载着多少人的回忆。"

一个类似于环形剧场般华丽大气的大堂出现在江丰眼前。

在大堂里，有更多戴着墨镜、帽子的人，难以分辨他们的真实面目。

江丰停下了脚步，看着这宏大的建筑体，颇有些震撼。

一名像他一样面部毫无遮挡的男子急匆匆地朝江丰走来。男子紧锁眉头，胡子拉碴，看起来凶巴巴的。

江丰突然止步，让男人有些措手不及，他避让了一下，可肩膀还是和江丰撞在了一起。

"啊，抱歉。"江丰连忙说道。

男子没有搭理他，兀自向前走去。

这时，护士问道:

"江先生，您最近又在创作新的小说吗？"

江丰惊讶地看向她。

"你知道我？"

"您的几部小说我都看过。最喜欢的就是《无声鸟》！小说改编的电视剧，我们好多同事都在看。"

"谢谢。"江丰出于礼貌地回答道，但他的脸色有些奇怪，似乎有什么顾忌。

护士像是看出了他的心思，说道：“江先生您别担心，我们中心有强制性的保密要求，员工跟客户是一对一服务，即使是员工之间也不可以互相交流客户信息。”

江丰再次确认道：“也就是说我的身份，以及记忆内容是绝对保密的，对吗？”

“那当然。这个世界上没有一台机器可以读取记忆晶片的内容。”

“机器不行，但是人脑可以啊？”

一名身穿白色制服的工作人员推着一台推车从他们身旁走过，上面放着一排排采集了血清的试管。

护士向江丰解释道：“那是不可能的事，记忆晶片不是U盘，不可以重复读取。”

“为什么？”

护士还没有回答。

突然间，人群一阵骚动。

“砰！”一声巨响。

所有人都朝着江丰他们来时的方向跑过来。

江丰好奇地望向前方——只见刚才撞到他肩膀的那个男人凶恶地拉着一名女子，他的另一只手拿着把枪指着女人的头部。

有人发出尖叫。

刚才的是枪声！是那名男子朝天放的吗？

人群四处逃散，现场一片混乱。

那名工作人员的推车被撞倒了，车上的试管摔在地上，血清撒了一地。

江丰也被人撞了一下，金属号牌脱手掉在了地上。

凶男人把手枪对准人群，胡乱指着。

“都不要吵！他妈的给我闭嘴！再动我就开枪了！”

他又向上空开了一枪示威。

人们吓得赶紧蹲下，鸦雀无声。

江丰趁蹲下身的工夫，在地上摸索，把金属号牌捡了起来。

这时，值班经理带着保安赶了过来。

“先生，冷静一下，有话好好说。”

男子面容狰狞，恶狠狠地道：“把她的记忆还给她！她不可以离开我的，不可以！”

被他挟持的女子面色苍白，显然受到了惊吓。

值班经理举起双手，一边出言附和一边走向男子，试图赢得他的信任：

“好，好，您别激动！先把枪放下。我带你们进去做恢复手术。”

就在他即将走到男子跟前时，被挟持的女人突然开口说道：

“我已经给过你机会了。”

男子喘着粗气道：“再把记忆拿回来一次好不好？我

们重新开始。”

“已经迟了。这次拿走的记忆是没有办法再取回来的。”

男子愣住了。

女人解释道：“刚才的手术，已经把那些记忆彻底删除了。”

男子听到这句话，像是受到了什么刺激，他突然笑出声来，随即把身子放低，用自己的脸贴住女人的脸。

“没关系。”

他一面说一面举起手枪慢慢对准自己的太阳穴。

“我把我的记忆给你！”

男子扣下了扳机，子弹从女人的脑袋中穿了出来，两人一起倒在了血泊中。

人群再次发出尖叫。

保安和医护人员迅速地冲了上去，查看两人的情况。

江丰顺着人流站起身来，他惊魂未定，心脏还扑通扑通地跳个不停。

记忆大师的大堂广播突然响了起来：

“请各位来宾注意，非常抱歉地通知编号为XD8731至XD8789的客人，由于刚刚发生意外事件，我们需要重新抽取您的血液样本。请您回到血样中心与我们的医护人员取得联系。给您带来的不便我们深表歉意！”

领着江丰过来的那名护士脸色发白，显然也被刚才的事吓得不轻，她找到江丰说道：“江先生，非常抱歉，您的血样被破坏了。请您跟我来一下。”

江丰低头看了看手中的序列号金属牌，上面的LED灯闪烁着红光。

他有些不情愿地跟在了护士的身后。

10.

江丰重新抽取完样本后便离开了记忆大师所在的大厦。他一出大门，就看到门外已经被警察拉起了警戒线。

医疗中心大厦外的台阶站了一群人，似乎在组织抗议活动。

人们举着各式各样的抗议牌子，群情激奋地喊着口号。

“抗议滥用手术！不做行尸走肉！”

“抵制记忆造假！”

几名保安维持着秩序，把抗议者们拦在了大厦外。但仍有一些抗议者拿着传单，在大街上四处派发。

江丰刚下了台阶，便立刻有记者冲了上来。

看样子这些人应该是收到记忆大师发生了案件的消息才赶了过来，希望获取一手消息。

一名记者正对着摄像机做直播。

“我们现在在记忆大师医疗中心枪击案现场，据知情人透露，这是一起情杀案件。联想到本台今早刚刚报道了家暴致死案，我们的社会到底出了什么问题？下面我们来采访一下现场的……”

江丰眼看几名记者围了上来，连忙低着头小跑着离开，他和一名年轻的警察擦身而过。

记者们没有逮住江丰，便把火力集中在了年轻警察的身上。

一名浓妆艳抹的女记者抢先问道：

“这位警官，您怎么称呼？”

年轻警察看起来二十多岁，他望着摄像机，露出一副受宠若惊的样子。

“我、我叫雷霆，雷霆万钧的雷霆。”

“雷警官，能不能跟我们透露一下案件细节呢？”

“这个案件呢，我个人认为并不像表面看上去那样简单。首先需要从凶手的个人背景入手，去分析他……”

这时，一名健硕的男子走到了雷霆的跟前。男人国字脸，胡子拉碴，眼睛不大却炯炯有神。

他走上来搭着雷霆的肩膀，雷霆看到来人吓了一跳，此人正是组长沈汉强。

沈汉强冲雷霆道：“记者同志在问你话呢，雷警官，跟大家分享一下案件细节吧。”

雷霆紧张地不知所措，他最怕这个师傅。

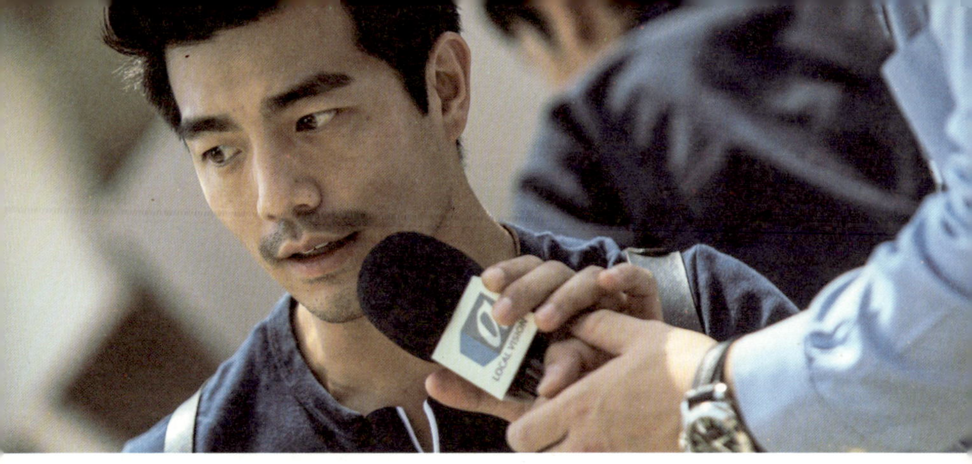

沈汉强问道：“例如，案发时间是多久？”

雷霆答不上来，沈汉强一巴掌拍在他的后脑勺上。

“受害人叫什么？

雷霆也答不上来。

沈汉强又是一巴掌。

“凶手是谁？两者是什么关系？”

没等雷霆说话，沈汉强又拍了他两下。

“师傅别打了。我都还没进去呢。”

“什么都不知道你说个屁，在这儿瞎耽误时间！雷子，你还真以为自己是大侦探了？还不进去！”

雷子是雷霆在警队里的外号，他灰溜溜地摸着后脑勺往大厦里走去。

记者们还想再追问。

“请问……”

沈汉强挡住了镜头。

“无可奉告！”

沈汉强面无表情地冲记者们说道，随即转过身快步向记忆大师医疗中心走去。

11.

江丰数了一下，算上今天下午，自己已经在电脑跟前坐了快五天了。上百个小时，却只写了不到一千字。

他发现自己写不出东西了，灵感之泉仿佛在一瞬间干涸掉了，就连出版商的命题稿也无法创作。

江丰对着电脑又发了会儿呆。书桌上的手机被他调成了静音，出版社负责和他对接的责任编辑Andy已经打了不下十个催稿电话。

这时，客厅里又传来电视机的声音，这让本就苦恼的江丰觉得更加烦躁。他走出书房，只见妻子张代晨正坐在沙发上。

电视上正播放着一档访谈节目——《情感曲线》。

一名女主持人严肃地说道："相信观众朋友们都有所耳闻，短短二十四小时内，本市一连发生两起因感情纠纷引起的命案。上周四，受害人李女士被丈夫家暴致死；上周五，记忆大师医疗中心，一名男子将女友枪杀并自杀。这两起案件的受害人都是女性。今天我们请到了新南大学的心理学专家林教授，请他为我们讲解下家暴环境中的女性心理问题。”

“各位观众好！近年来，大家越来越关注家暴……”

江丰拿起遥控将电视关掉。

张代晨显然也没在看电视，她手里拿着离婚协议书，盯着出神。

江丰对她说：“我什么都没改，签字吧。”

张代晨一动也不动，像是没有听到。

江丰把桌子上的另外一沓文件拿到张代晨面前。文件上还放着两人的婚戒。

“这是财产分割文件。你不放心的话，可以再看一遍，或是请律师检查一下。”

张代晨还是一动不动。

“至于这房子，我打算卖掉。我已经委托中介在办了。你会拿到属于你的那份钱。”

张代晨终于抬起了头，她欲言又止。

江丰问道：“怎么？离婚不是你先提出来的吗？”

“能不能等一下说这件事，我现在有话想跟你说。”

“你说吧。”

张代晨红着眼圈道：“我只想跟我老公说。”

“目前为止我还是你老公。”

张代晨提高声音：“你现在看我的眼神根本就不像你自己！你不是我老公！”

“那就别说。”

“我老公不会连在哪里跟我求婚，在哪里度蜜月都不知道！”

江丰面无表情地回答：“我在天台跟你求的婚，我们在巴厘岛度的蜜月。”

张代晨愣住了。

“我知道我们经历过的事。我只是把那些细节和我当时的感受都忘掉了。所以对我来讲，这段婚姻不会给我带来任何感觉。”

张代晨的眼泪夺眶而出，她一把抓起自己的婚戒，起身往门口走去。

“江丰！你太残忍了！你不把记忆拿回来，我绝对不会在协议书上签字！”

见妻子走出去之后，江丰苦笑着摇了摇头，他实在不明白这个女人到底是怎么想的。重新回到书房，手机又震了起来。

江丰犹豫了一下，还是接起电话。

“喂，Andy。实在抱歉，我今天交不出来，还没想好怎么收尾。”

电话那头的Andy无奈地道：“可是江老师，你上周四给我打电话的时候，不是跟我说结局已经想好了么？”

“上周四？我没有去出版社吗？”

“没有，我打了好多电话你都没接。晚上十一点的时候你自己给我打过来了。”

江丰一点印象也没有：“我说什么了？”

“你说你结局已经想好了，过两天就给我。而且……”

“而且什么？”

“不知道是不是我听错了，你当时好像在哭。我还在想，江老师新书的结局写得这么感人啊。”

江丰陷入了沉思。

该不会是因为提取记忆的缘故吧……

书写不出来，还忘了不少事情……

Andy在电话那头关切地问道：“江老师你没什么事吧？”

“没事。”

12.

江丰坐在一张特制的椅子上，椅子上方有个可以调节高度的圆形罩子。他的双手和颈部都被固定住，身上贴着很多监控身体机能的贴片。

一名护士把存放记忆晶片的金属盒放到江丰手边。

“江先生，请按一下，可能会有点刺痛。”

江丰用手指按了一下金属盒，他看到指尖被刺破，流出一滴鲜血。

金属盒接触到鲜血，立刻显示出一串代码，随后自动解锁了。

护士轻轻翻开江丰的左眼下眼睑，把记忆晶片放了进去。

“请闭上眼睛。”

护士把圆形罩子拉下来，放置到江丰眼睛的高度，然后按下开关。

圆环发出光束，激活了记忆晶片。

几分钟后，江丰来到了另外一间办公室内。他有事想要咨询，妻子张代晨早已坐在这里等他。两人商量好取回记忆后就离婚。

一名身穿白大褂的中年男人坐在办公桌后，江丰在预定这项服务的时候见过他，男子姓吴，是记忆大师医疗中心的高级博士。

“吴博士，我想问一下，像我们这种搞创作的，动了记忆手术会对创作有影响吗？”

吴博士的头发花白，戴着无框眼镜，有点像是大学老师。

“你放心吧。这个手术只是干扰你的记忆，不会伤害你的大脑，所以几乎没有影响。”

江丰点点头，还是不太确信，他看向自己手里拿着的一瓶药剂。这是刚才激活晶片的项目结束后护士递给自己的。

吴博士注意到他的目光，解释道：“这些安眠药会帮助你进入深层睡眠。正常情况下，只需要两三个充足的睡眠，取回来的记忆就会重新激活……我们称之为‘记忆重载’。”

张代晨问道：“那是不是三天之后他就能全部回想起来？”

“理论上来说是这样。我还要提醒你一点，你在‘记忆重载’期间不会做梦。你以为是梦境的东西，都是你的记忆正在重新填充的过程。”

张代晨确认道：“所以这几天让他尽量多睡觉对吗？”

听到这句话，江丰意外地看了她一眼。

“正常作息就可以了。即使在清醒状态下，也有可能触发‘记忆重载’。那些回忆画面会突然跳出来，就像俗话说的‘灵光一闪’。”

张代晨道：“唉！‘灵光一闪’不是这个意思。”

吴博士笑道：“是我不好，明明是学医的，非要在作家的妻子面前卖弄……”

听到妻子二字，张代晨和江丰对视了一眼，又快速挪开视线。

张代晨叹道：“真是没想到，现在连记忆都可以随拿随放。过不了几天，你们就可以伪造记忆了吧！”

吴博士笑了笑：

“这就是我的专业了！其实也没那么简单。通过‘记忆重载’写入大脑的记忆一旦超过七十二小时，就会永久保存下来。以现在的技术没有办法再次拿掉。因为人脑中记忆的存储是依靠神经突触……”

张代晨听得头大，连忙打断他：“停停停……不用跟我讲，反正我不会做这种手术。”

吴博士道：“每个人都有自己的选择。”

江丰问道：“也就是说如果我还想把这段记忆拿出

来，就必须在七十二小时内再动一次手术？”

吴博士点点头：“准确地说，应该是从你第一次记忆重载开始后的七十二小时内。而且不是‘拿出来’，这次的提取是永久删除！”

张代晨担忧地看了江丰一眼，他面无表情。

“以目前的技术，没办法把记忆提取出来两次。另外——我们的记忆晶片还有计时提醒功能。”吴博士一边说一边指了指自己的左眼下眼睑，“你按一下这里。”

江丰伸手碰了碰眼睑，突然，他的眼前出现一串数字：72:00:00。

江丰吓了一跳。

张代晨没有看到这行数字，只看到江丰的眼睑下有一个蓝色的光斑。

吴博士解释道：“现在还没有启动。它能检测你的脑电波，自动感应你的记忆载入情况。你只要轻按一下就能看到自己的剩余时间。”

江丰问：“那别人看得见么？”

“如果你按它，别人只会看到一个光斑。”

江丰点点头。

张代晨有些不安，欲言又止。

吴博士嘱咐道：“在这段时间，江先生你也可以再考虑考虑。如果你真的决定做手术，请提前告诉我们。”

江丰毫不犹豫地说道：“我现在就预约三天后的这个

时间做手术！”

张代晨惊讶地看着江丰，心头似在滴血，她不敢相信这个男人竟然这么绝情。

不，不是的。

只是因为江丰的记忆还没有重载回来，所以他才这么说。

在回家的路上，张代晨不停地安慰着自己。

两人一路无话。

进了家门，江丰便倒了杯水走进书房。他吞下医疗中心发的安眠药，躺在床上入睡了。

13.

记忆重载

江丰站在一个封闭式的花房里。一侧的墙壁上爬满了藤蔓植物，花坛里种植着各种精心打理的花卉绿植。盆栽间摆放着几座漂亮的木雕，其中一座似乎是未完成品，倒在地上。

花房的一端是出入口，另一端则有个小房间。

江丰手里提着几个袋子，有吃的、药品，还有几件换洗衣服。他穿过花房，走进小房间。

一名女子背对着房门正在用座机打电话。

江丰问道："怎么了？"

女子转过身来，她的样子十分憔悴，年龄在四十岁左右，脸上有些淡淡的瘀青和伤痕。她看到江丰后赶紧挂掉电话。

"我叫外卖。"

江丰举了举手里的袋子："我给你带了吃的……还有你要的小说。"

说罢，他从袋子里拿出一本小说递给女子，小说的封面写着《无声鸟》。

女子道了谢。

江丰道："我替你去看过她了，她一切都好。你安心在这里养伤，别想那么多。"

他一边说一边走到座机前面，按下免提和重拨键。

电话屏幕上显示了一串号码，随即传来一个男人的声音。

男人："喂？喂？慧兰？李慧兰，我知道是你。我再也不打你了，你回……"

江丰挂断了电话。他什么也没说。

李慧兰见状，一脸尴尬。

"我只是想报个平安。"

江丰叹了口气道："如果这样做，那你躲起来还有什么意义呢？"

李慧兰拨弄着自己的手指，有些不安。

江丰只是一脸微笑地看着她。

座机又响了，来电显示的号码跟刚才一样。

江丰什么也没说。

李慧兰犹豫了一会儿，走到电话跟前，伸手拔掉了电话线。

江丰脸上的笑意更浓了。

书房内，睡梦中的江丰皱起了眉头。

14.

记忆重载

阳光从花房的一侧透进来，穿梭在疏离的花枝间。

江丰一脸兴奋地走进花房，他手里拿着几张DVD光盘。

“你绝对猜不到我找到了什么电影。”

然而花房里却没有李慧兰的身影。

江丰愣了一下，随即提高声音道：“慧兰？”

花房尽头的小房间门开了，李慧兰提着一包行李出现在江丰眼前。她的伤已经养好了，脸上的伤痕也已经褪去。

李慧兰轻声道：“你来了……我正想说给你留个条子。”

江丰沉默着。

李慧兰鼓起勇气说道：“谢谢你照顾我这么久。但我必须回去跟他说清楚。”

江丰流露出失望的表情："你是说，你会跟他讲清楚？"

李慧兰点点头，拎着包从江丰身边走过。

她再次小声说道："谢谢你。"却没有注意到江丰的脸色渐渐变得阴沉。

李慧兰走到门边转了转门把手，发现门被锁上了。她疑惑地转过身来，只见江丰阴着脸，一只手背在身后向自己走来。

李慧兰不由自主地往后退了一步，背靠着门。

江丰走到她跟前，这时候他才把手伸出来——他的手心里有一把钥匙。

李慧兰小心翼翼地接过钥匙，疑惑地看向江丰。

江丰微微一笑，巧妙地将眼中的戾气遮掩过去。

15.

记忆重载

浴缸里的水溢了出来，不时有水从浴缸的边缘流到地上。

江丰就站在浴缸的旁边，他面无表情地盯着水面。

只见水面上漂着一层泡沫，一只女人的手无力地垂在浴缸边。

16.

发现自己重载的记忆出现了问题后，江丰几乎是一路超速将车开到记忆大师医疗中心的。

此时，他站在医疗中心的办公室里，正一脸严肃地望着吴博士。之前为他服务过的护士也站在一旁陪同。

吴博士听完江丰的描述，解释道："没有错，我是说过这段时间你不会做梦。你看到的，都是你过去的回忆。"

江丰摆着手："不对，不对。你们医院真的把我的记忆弄错了。"

护士补充道："江先生，我们是有签保密协议的，不会查看您的记忆内容。也就是说，我们只对记忆晶片的安全负责，不对内容负责。您可以再看一下合同上的条例。"

江丰怒道："你们这样是推脱责任！这绝对不是我的

记忆！”他一面说一面回想起记忆中浴缸里的那具女人尸体，胃里一阵恶心。

“您别激动。金属号牌是您自己保管的，记忆晶片的存封、DNA验证都是当着您的面操作的。”

江丰说道：“但记忆应该是连续的，不可能没头没尾凭空出现一段。更何况我根本就不认识记忆里出现的人。”

吴博士道：“不是告诉你要三天才能完全恢复吗？搞不好过两天你就把前因后果想起来了。”

江丰无话可说，将信将疑地望着博士。

“是我们的问题，我们一定负责。可是现在所有的质疑都没有真凭实据，全部都是你的猜测……”

这话倒激起了江丰的痛处，他最恨别人不相信自己的话，说道：“我今天来之前在网上查过资料，你们这个手术在很多国家都没有通过……这个手术是不是有什么缺陷？！”

吴博士露出轻蔑的笑容：

“江先生，你知道现代整形外科手术是怎么发展起来的吗？”

江丰没有说话。

“‘一战’后，出现了很多颌面部损伤的伤员。整形外科手术除了帮助他们进行颜面重建，更帮他们重建了自信心。到了现在，整形手术从消极的救助发展变成积极的改善。谁都有机会变成更美的自己。"

江丰有点不耐烦："这跟我有什么关系？"

吴博士继续道："可这样一个帮助人们追求美好的手术，却被人指出有可能帮助罪犯改头换面，逃脱法律制裁。你觉得合理吗？"

江丰没有接话。

"我们的记忆手术跟整形手术是一样的。一个是弥补外貌缺陷，一个是修复情感创伤。这个手术的出发点明明就是好的，关键是看使用它的人怎么想。"

"我没明白你到底想说什么？"

吴博士慢慢地道："我想说的是——我怎么知道你存在我们这里的是你的情感记忆，还是你的杀人记忆？"

江丰提高声音："你说什么？！"

吴博士露出讥讽的笑容，虽然身为记忆专家，话说得好听，但他从内心里鄙视这些提取并删除记忆的人们。

江丰的呼吸变得粗重，他感觉吴博士的身影变得模糊，脑海里开始闪现出别的场景。

——糟糕。江丰暗暗叫苦，记忆重载要开始了吗？

吴博士没有注意到江丰的失神，他说道："请你离开！"

记忆重载

江丰发现自己出现在一栋房子内，他站在二楼的楼梯口。

李慧兰摸索着抓住江丰的衣服。

李慧兰大声说道：“请你离开！”

江丰怒从心生，他伸手一推！

江丰猛地推了身前的吴博士一把。

吴博士向后倒下，撞在了身后的柜子上，柜子上的瓶瓶罐罐和几本书籍掉了下来。

护士被江丰的举动吓了一跳，她跑出办公室，赶紧拿起电话报了警。

17.

雷子从证物袋中取出一份报告。这份报告是关于前几天疑似被家暴致死的女子李慧兰的案件资料。

这些天来，重案组里连续来了几件大案子，着实让他这个新人感到头疼。

雷子活动了一下脖颈，拿着报告走到休息区的座位旁，递给一位女子。

女子看起来二十六七岁，留着干练的短发。她是圣德联合医院的医生陈姗姗，最早李慧兰遭到家暴住院治疗时，就是她察觉到不对劲才报的警。

“陈小姐，这是李慧兰的……”雷子不知道该怎么开口，只得将报告递了过去。

陈姗姗接过报告，刚一打开，就看到了李慧兰的照片——这是一组从尸体上拍摄的伤痕特写。李慧兰的身体上满是伤痕和瘀青，可见这个女人遭受过怎样的暴力。

——简直不是人!

陈姗姗看着这些照片，于心不忍，流下了眼泪。

雷子虽然已经不是第一次面对死者的亲属朋友，但见到陈姗姗落泪，还是有些不知所措。

他开口道：“李慧兰的病例也在里面，还请你确认一下。”

作为李慧兰的医生，死者情况陈姗姗再熟悉不过：“不用看了。去年6月9日，两条肋骨骨折，左臂桡骨骨折，多处软组织损伤……”

陈姗姗说不下去了，她捂着脸，眼泪止不住地流着。

雷子急得直挠头，却不知道该怎么安慰对方。

沈汉强见状走了过来，他给雷子递了个眼色。

雷子急忙说道：“那可以了。最后再麻烦你在这里签个字。”

陈姗姗签好字后，沈汉强给她递上纸巾，同时安慰道：“姗姗，你别想太多了。”

身为刑警的缘故，沈汉强经常要往医院跑，因此两人十分熟络。

雷子站在原地有些尴尬。这时他看到有同事领着个男人来到自己隔壁的办公桌前，扔下一份口供笔录，于是好奇地走了过去。

雷子看了男子一眼，问同事：“犯了什么事啊？”

同事戏谑道：“不是什么大事。得罪有钱……”他说到这里停了下来，转而对男子道，“你先在这儿等着，别乱动。”

雷子拿起同事放在桌上的笔录看起来，男子叫江丰，因为在记忆大师医疗中心闹事才被带回来。

又是记忆大师医疗中心——雷子不由得想起前几天将自己和女友爆头的那名男子。

这时沈汉强和陈姗姗走了过来。沈汉强顺手把李慧兰的报告丢在了桌子上。

“雷子，你送一下陈小姐。”

“可是……”

沈汉强拍了一下雷子的脑袋：“可是啥，你上次胳膊受伤还是陈医生帮你包扎的。别磨磨唧唧的。”

“好，好。”

陈姗姗走了两步，忽然想到了什么。

“沈警官，你能帮我弄一张旁听证吗？”

“怎么？”

“我希望能够在法庭上亲眼看到她老公被判刑！”

沈汉强愣了愣，点点头。

与此同时，江丰正窝着一肚子火没出撒。他推倒吴博士本是件小事，对方又没受伤，本来私下解决就好，谁想到对方却报警把自己抓了起来。

他站在警察的办公位旁生着闷气，这时却突然注意到了沈汉强丢在桌子上的报告。报告的夹页里露出了几张照片，他看到了一张似曾相识的脸——李慧兰！

江丰很惊讶，慢慢向那张桌子靠过去。

雷子发现了江丰的举动，吼道：

“哎哎哎！看什么看！谁让你乱动了！给我回去！”

江丰问道：“警官，这个……杀死这个女人的凶手已经抓到了啊？”

“关你什么事？这是你该问的吗？”

江丰什么也没说，只是退回原位。

雷子忽然想到一件事，她对陈姗姗喊了一句：“陈小姐，对了，对了。还有个问题：李慧兰失踪的那段时间真的没有去找你吗？”

“没有。我也不知道她去哪里了，当时还担心她想不开……唉……”

听到这里，江丰突然开口道：

“我知道！她被关在了一个像花房一样的地方。”

沈汉强三人齐齐地望着江丰。

江丰又道：“跟杀死她的凶手在一起。”

沈汉强问道：“你是谁？”

雷子拿起江丰的那份口供递给沈汉强，同时说道：“汉强哥，他叫江丰，三十八岁，是个作家。”

沈汉强严肃地道：“你知不知道自己在说什么？”

江丰解释道：“警官，我前段时间去记忆大师医疗中心做了手术。他们一定是把我的记忆搞错了。因为取回记忆以后，我看到了一个陌生女人……就，就是叫李慧兰的……她被凶杀的整个过程。”

雷子问：“那凶手是谁？”

江丰犹豫片刻，艰难地吐出一句话：“在记忆里，那个凶手就是我自己。”

沈汉强沉默了几秒，对一脸诧异的陈姗姗道：“姗姗，你先回去吧。我和雷子有事要做。”

陈姗姗点了点头。

雷子和带江丰过来的那名同事打了个招呼，便把江丰带到了审讯室。

沈汉强问道：“江先生，你先把自己知道的情况都说一下。”

“有一个花园，大概是屋顶花园。看不出来是什么小区……”

“那女人……李慧兰脸上有些伤口，她好像在躲自己的老公。”

“嗯……她一点也不害怕凶手，两人关系似乎不错……”

“李慧兰在花园时给家里打过电话……”

因为脑海中的记忆都是片段化的，江丰有些语无伦次。

沈汉强又问：“你仔细想想，有没有什么关于凶手的细节？比如衣着、身高啦等等。”

江丰摇摇头："没有。现在记忆刚拿回来，按照记忆大师那位吴博士的说法，可能还要点时间……"

雷子有点不耐烦："说了半天你什么都不知道……你让我们怎么查？"

"对了！我看到凶手把李慧兰淹死在浴缸里。"江丰想起了浴缸里冒出的那条手臂。

"你确定？"

"我亲眼看到的！"

沈汉强和雷子交换了下眼神——死因不对。

江丰有点纳闷。

雷子忍不住道："江大作家！别拿我们警察开玩笑好吗？看个新闻也能拿来编故事。"

"我说的都是真的！"

沈汉强站起身："行了！你在这里休息一下。等你家里人来保释你吧。"他收拾东西准备走人。

江丰着急了："你们为什么不相信我！那个花房很大，一定很显眼！"

雷子反驳道："别开玩笑了。你知道本市有多少个房子带屋顶花园吗？"

"里面还有很多木雕，其中有个木雕做了一半！你们去查查李慧兰身边有没有这样的朋友。"

沈汉强和雷子没有搭理他，往外走去。

末了，雷子还撂下一句:

“不愧是大作家，真的很会编故事。”

江丰无力地靠在椅背上，他闭上眼睛，休息了一下。

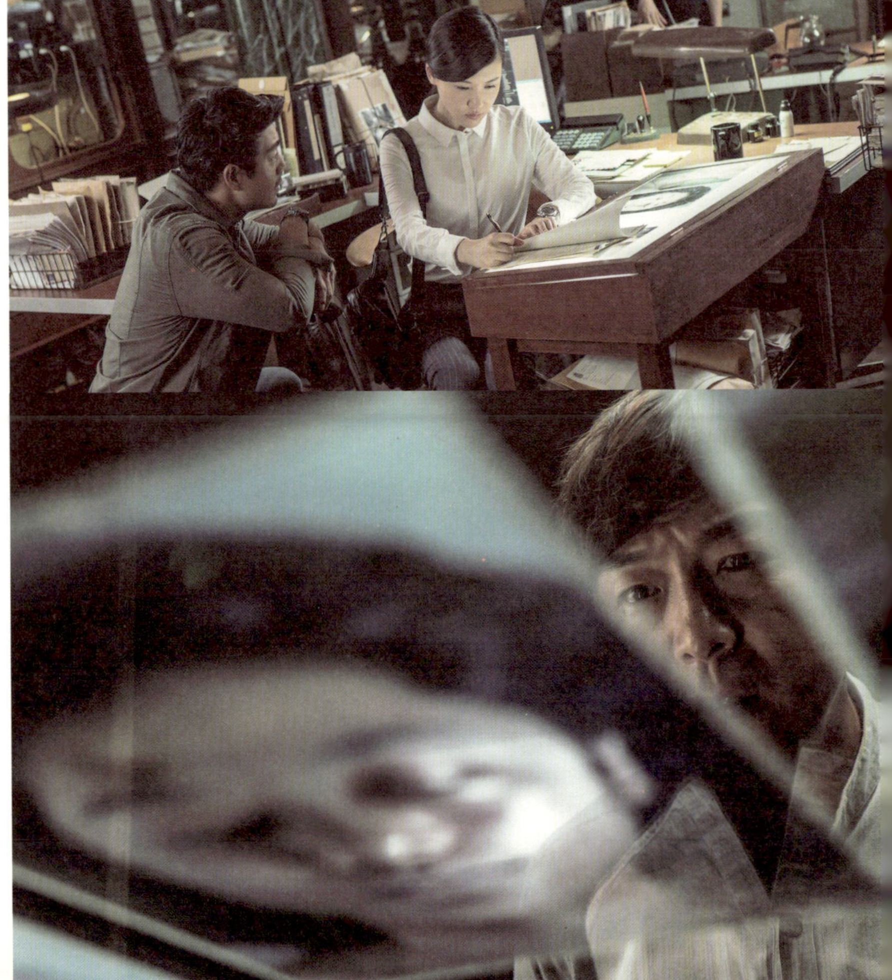

忆大师
4.28
脑内
开战

18.

记忆重载

这是一座老旧的民居，看起来有些年代了。

屋内，一名陌生的中年女人抱住江丰，坐在沙发上，她的脸颊上有一颗显眼的痣。另一名短发女子和一位年迈的老妇人陪在他们身旁。

“咚！咚！咚！”

门外响起了激烈的敲门声。

听到声音，屋内的几人都慌了神。

短发女子四下看了看，对中年女人道：“要不然你们去后面躲躲？”

中年女人面色苍白，摇了摇头：“没用的。”

老妇人无奈地看向中年女人。

外面，敲门的人不肯善罢甘休，没完没了地敲打着门板，仿佛有使不完的力气。

短发女子实在受不了了，她走到门前，透过猫眼往外看，并大声喊道：

“你走吧！我姐不想见到你！”

门外响起一名中年男人的声音：

“老婆，我错了！你跟我回家吧！”

屋内的四个人无动于衷。

“我不会再打你了，再打你我就剁手！”

中年女人听到这句话，有些犹豫，江丰紧紧握住她的手道：

“别信他！”

门外的男人见屋内没有回应，恶狠狠地道：“你不相信我是不是？我现在手里就拿着刀……你不出来我就剁掉自己的手指！”

短发女子在猫眼上看了一眼，对方脸上的表情已经说明不是在虚张声势。

老妇人的双手握在一起，紧张地看向中年女人。

中年女人甩开江丰的手，冲到门边，她只看了一眼门镜，就把手放到了门锁上。

短发女子阻拦道：“不行！不能开门！他拿着刀！”

中年女人犹豫不决，她回头看向江丰，江丰对她摇了摇头。

门外，男子开始喊起倒计时。

“三……”

“二……”

短发女嘱咐道：“姐！别听他的，不能开啊！”

中年女人的手慢慢离开门锁。

“一！”

伴随着他最后一声倒数，紧接着一声惨叫响起，最后是刀具哐当坠地的声音。

中年女人听到这里，不假思索地一把拉开门。

只见门外的地面上留着一小摊鲜血，一把染血的菜刀掉在旁边，中年男人捂着左手跪倒在门口，表情痛苦。

“我……我知道错了。我知道错了……”

中年女人心头一软，她连忙去喊屋内的人给男子拿药。

十分钟后，中年男人的手上已经抹好药膏，缠上了绷带，女人提着一包行李走到门口。

短发女子拉住中年女人：

“姐……你想好了？真的要跟他回去？”

没等女人回复，中年男人就说道：“以前姐夫做得不好，我保证以后对你姐好好的。”又把头转向老妇人，诚恳地道：“妈，以前是我不对，我知道错了。相信我！我一定改！”

说完，他毕恭毕敬地鞠了一躬。

老妇人握住女儿的手，又看了看江丰。

“再忍忍吧。”

短发女显然不相信男人的话，拽住姐姐道：“妈——！

不能让姐姐这么回去！”

中年女人轻轻地把妹妹的手从自己胳膊上放了下来。

短发女子又急又气：“姐——你——”

中年男人柔声道：“老婆，我们回去吧。”

正说着，他的目光移到了江丰身上，那眼神瞬间从温柔变得凌厉：“你也一起走！”

短发女子护住江丰：“他不能跟你走。躲到我家是我姐姐的意思，不关他的事。”

中年女人附和道：“真的不关他的事，你别扯上他……我跟你回去还不行么？”

老妇人无奈地看着眼前发生的一切。

中年男盯着江丰不肯放弃。

短发女子更加警觉地护住江丰，但江丰拉了拉短发女子，对她摇摇头示意没有关系。

最终，中年女人和江丰都上了男子的车。

路上，中年男人脸色阴沉，一言不发地开着车。中年女人坐在副驾驶，神色紧张，右手牢牢扶着上方的把手。江丰则坐在车后座警觉地注视着中年男人，他的旁边放着一个透明的冰袋，里面装着断掉的小手指。

郊区的公路上没什么车辆。

江丰注意到窗外的路牌，上面写着永新路。

这时，中年男人突然开口道："你不是想讲清楚吗？现在只剩我们三个人了，讲吧。"

江丰道："我觉得……"

中年男人吼道："闭嘴！这里有你说话的份吗？"

江丰和中年女人都被吓到，不敢再开口。

车子的速度越来越快，四周景物一闪而过。

江丰的心提到了嗓子眼。

中年女人再也忍不住："你不要开这么快！"

闻言，中年男人更加来劲。他回头狰狞地看了江丰一眼，一脚把油门踩到底，车速一路飙升。

"你不是想我死吗？我现在就死给你们看。好不好？"

中年女人哀求道："你不要这样……"

"你知不知道刚才搞得我很没面子！"

"我错了，我错了！"

中年男人的脸扭曲着："我已经很低声下气了！你还不肯听我的！"

车子在公路上飞驰，一个过弯险些让车身倾翻。

中年女人发出尖叫，随即泣不成声。

江丰在后座死死抓住座椅后背，也吓得不轻。

"你到底跟你的那个婊子妹妹说了什么？我们家的事

需要她来管？”

“我错了！求求你，快停车！”

道路旁边是一片树林，隔着林子可以看到海面。

中年女人哭着抓住男人的胳膊：“你想死就带上我，你让他下车好不好！”

中年男人不为所动，转动方向盘往树林开去。车子一阵颠簸，眼看就要冲入大海。

中年女人尖叫起来，江丰也露出惊恐的表情，死死贴着座椅。

男人疯狂地喊道：“以后你还听不听我的？”

中年女人带着哭腔：“我听，我什么都听！”

闻言，中年男人快速地踩下刹车，车子险之又险地在悬崖边上停了下来。

中年女人用手捂着胸口，惊魂未定，这时，男人又狠狠甩了她一巴掌。

“听话就好！这可是你说的！”

接着，中年男人走下车，拉开后座的门。只见江丰在座椅上瑟瑟发抖，一摊琥珀色的尿液顺着他裤子渗透出来。

中年男人鄙视地道：“现在你知道这个女人是听谁的了吧！”

19.

记忆重载

浴室里亮着灯，一阵激烈的打水声响了起来。

江丰躲在卫生间的门外透过门缝往里看。

只见中年女人整个身体没入浴缸，她试图挣扎着爬起来。但似乎因为身体相当虚弱，屡屡又滑了下去。

江丰不忍再看，他用手捂住嘴，表情痛苦，眼泪流了下来。

浴缸的水面渐渐恢复平静，很快被泡沫盖住。

20.

审讯完江丰之后，沈汉强回到办公位，一言不发地坐在椅子上。

雷子放好笔录，走过来问：“师傅，你在想什么？”

沈汉强没有回答。

“你该不会真的相信江丰的话吧？他前言不搭后语。而且之前在那家医院还把人家医学博士给打了，搞不好做手术弄坏了脑子。我早就说记忆手术不是什么好玩意儿……”

沈汉强打断道：“假如他说的是真的呢？”

“可李慧兰根本就不是被淹死的！”

“那你告诉我，江丰可不是什么不知名的小作家。他这样一个有社会地位的知名作家为什么要在警察局撒谎？”

雷子想了想道：“炒作！肯定是炒作！这年头名人都

这么干。上不了娱乐新闻就上社会新闻。他肯定有新书要发布了！”

沈汉强看雷子越说越不靠谱，作势要踹他一脚。

雷子笑嘻嘻地躲开，他瞄了一眼办公室外面。

有个老头在公共办公区张望。

“师傅，你爸来了。”

沈汉强脸色一沉，从皮夹里拿出一沓钱。

“雷子，你帮我给他，就说只有这么多。还有，别让他进来。”

“可……”

“让你去你就去！”

这时，一名警察推开办公室的门：“强哥，那个江丰在审讯室大喊大叫，吵着要见你们。”

沈汉强点点头走了出去。

雷子见状，把钱递给进来的警察，指了指外面的老头：“我要和强哥一起过去，你帮着把这钱给那边那个人。”说完，他便去追沈汉强。

两人进了审讯室。

江丰一脸认真地说：“警官，警官，我知道怎么回事了。我之前看到浴缸里有一只手臂，就误以为那是李慧兰的。但那其实是另外一个女人！那个凶手不止杀了李慧兰，还杀了一个不知名的女人！”

沈汉强面无表情地道：“这么说他还是个连环杀人犯？”

“是不是连环杀人犯我不肯定，但他一定杀了这两个女人！”

雷子皱起眉：“刚才你说李慧兰是被淹死的，现在又说不是。还说凶手杀了两个人，大作家你改结局了啊？你当你在写小说吗？”

江丰急道：“我说的都是真的！刚才是因为记忆还没有完全重载。根据医疗中心的说法，我只能在三天内慢慢回忆起那些片段。”

“可我们在现场根本没有采集到任何证据能支撑你的说辞。”

沈汉强冷不丁地问道：“电话号码是多少？”

“什么？”

“你不是看到李慧兰在花园房里给家里打过电话吗？号码是多少？”

江丰想了想：“我……我不记得了。好像有358什么的。记不清了。”

沈汉强绷着脸：“你是哪天去做的记忆手术？”

“上周四。就是有个男人拉着他老婆一起自杀的那天！”

沈汉强沉默下来，似乎在思考着什么。

江丰说道：“给我一点时间，我一定能回忆起什么有用的线索。我会随时联系你们的。”

沈汉强突然脸色一变：

“雷子！把他扣留起来。”

江丰难以置信地望着二人：“我来提供线索，你还要扣留我？”

雷子也不明就里地看着沈汉强。

江丰有苦说不清：“你到底相信不相信我的话？”

沈汉强平静地道：“江先生，我就是相信你说的，所以觉得这宗命案另有玄机。我现在正式怀疑你跟本案有关！”

将江丰安置好之后，雷子回到了沈汉强的办公室。

“师傅，江丰根本就是一派胡言，我们干吗还要留着他啊？”

沈汉强从堆积如山的报告中抽出一份甩在桌子上。

“看一下李慧兰家电话是多少。念出来！”

雷子：“……358，咦？”

沈汉强瞪了他一眼：“跟你说了多少次资料要好好看！”

雷子缩了缩肩膀：“我错了，师傅。可是江丰顶多也就是满嘴跑火车，我怎么看他也不像是杀李慧兰的人啊。”

“我没说人是他杀的。”

雷子降低声音：“师傅，我想说的是，我们把他关起来，不合程序吧？”

“程序是死的，人是活的嘛。假如江丰说的是真的，

那么李慧兰的老公李航就是替罪羊，真凶还逍遥法外。凶手很有可能知道李慧兰长期遭到她老公的家暴，所以想把这件事嫁祸给他。而且一旦凶手发现自己的记忆被拿走，你觉得会发生什么事？”

雷子想了想，猛地说道：“江丰会有危险！”

“没错。我们扣留他其实是在保护他。”

雷子还想说什么。沈汉强摆了摆手道：“好了，如果出了问题，所有的处分我一个人承担，可以了吗？”

雷子有些不好意思地挠了挠脑袋。

“我们先去一趟物证科。”

两人来到物证科，提取了记忆大师医疗中心发生枪击事件时的监控画面。

技术人员按照沈汉强的要求进行着慢放。

只见监控画面中，持枪男子拉着他的老婆走到中央。

人们四处逃散。江丰也出现在了画面里。他处在边缘位置，被人撞了一下，然后蹲下去捡起了什么。

沈汉强喊道：“停一下！倒回去一点。把画面放大。”

技术人员将录像倒回，按下停止键。

沈汉强点了点屏幕上的江丰。

“重点是这个人。”

画面上明显可以看到，几乎是在江丰捡东西的同时，他身旁有另外一个人也蹲下去做了捡东西的动作。但那个人戴着墨镜口罩，穿着帽衫，还蹲着身，根本无法辨识体貌特征。

沈汉强和雷子心照不宣地对视了一眼。

雷子说道：“但这并不能百分百确定他俩互相拿错了。”

沈汉强摇着头：“重要的是，现在我们不能百分百地认定江丰在说谎了。”

雷子无话可说。

“雷子，你在局里盯着，我去一趟记忆大师。有什么问题打我电话。”说罢，沈汉强快步地向外走去

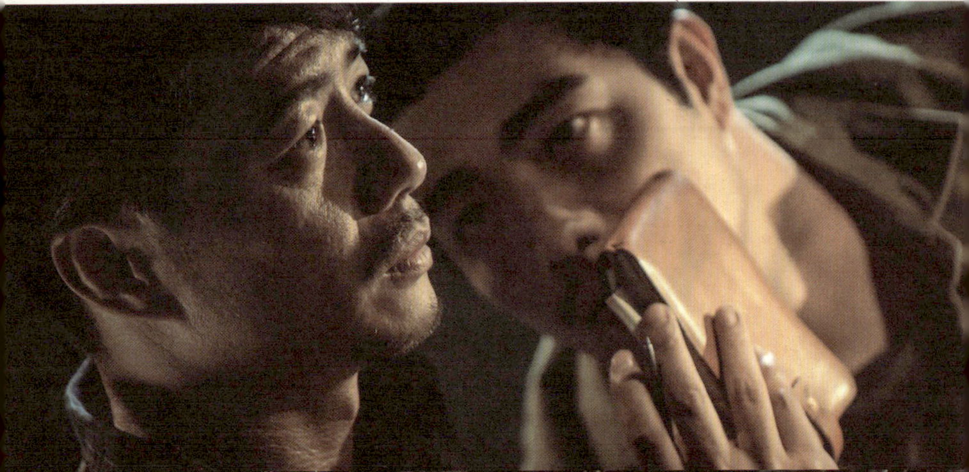

21.

江丰无奈地坐在警察局的临时拘留间内。

这几天来发生的事情让他感到筋疲力尽。想起自己还拖欠着出版社的稿子没交，他心里更是一阵烦躁——照这样下去，这个月完稿根本是不可能的事。

江丰隐约间注意到有视线停留在自己身上。

拘留间内，还扣押着一名四十来岁的精瘦男子。

他一直在打量着自己。

江丰坐在角落，尽可能地远离那个人。要知道，派出所里抓捕的罪犯龙蛇混杂，什么人都有。眼前这名男子一脸轻松，仿佛被关进派出所对他来讲根本就是件家常便饭的事。

精瘦男子跷着二郎腿，冲江丰问道："你犯了什么事儿？"

江丰没搭理他。

精瘦男子往江丰那凑了凑道："你别怕啊，我不是坏人。我就是捡了个手机……那姑娘非说我是偷的……"

江丰在心里嘀咕：你长得就像个小偷。

"第一次进来啊？"

江丰点点头。

精瘦男子指了指墙上的手铐：

"知不知道那是干吗的？"

江丰哪有心思琢磨这个，他摇摇头。

"那是用来拷住吸毒的人的。警察最烦这种人，一被抓进来就想方设法地自残。"

江丰望着手铐。

"他们的花样可多了，有撞栏杆的、吞戒指的……上次我在南城的局子里看到一个女人把几根针藏在头发里——全吞了！把警察给吓坏了！想想就疼！"

精瘦男子像是在向江丰炫耀自己的阅历，一开口就停不下来。

"别看这里地方小，什么奇怪的人都能遇上。吸毒、抢劫、打架、卖淫……"

听他这么一说，江丰有些紧张起来，不自在地缩了缩身子。一会儿不会还要往里关人吧？

精瘦男子见吓到了江丰，得逞似的一笑，再次问道：

"你现在可以告诉我你是怎么进来的了吧？"

江丰犹豫了一下说道："打架。"

精瘦男子盯着江丰的眼睛。

“嗯……不可能……你不是那种人。你会打架？别开玩笑了。”

江丰有点纳闷：“为什么？”

“我混了这么多年，看人很准的。你眼睛里没有那种东西。”

“什么东西？”

精瘦男子又凑近一些，故作神秘地问：“你看没看过杀人犯的眼睛？”

江丰不想和他再聊了，靠着墙闭上眼睛。

那名男子总算知趣地合上了嘴。

闭目养神了几分钟后，江丰感到一阵强烈的睡意袭来。

记忆大师
4.28
BATTLE OF MEMORIES

22.

记忆重载

江丰轻轻地敲了敲李慧兰家的门。

几十秒后，门被打开了一条缝。

透过缝隙，江丰看到了面部瘀青的李慧兰。

“他又打你了？”

李慧兰下意识地捂住伤处，问道：“你……你怎么来了？”

“我接到电话，不放心就过来看看。”

李慧兰有些慌张：“我没事。你不要再管我家的事了。”说着，她试图关上门。

江丰急忙用脚卡住房门，严肃地道：“你不能再这样跟他生活下去了，我来带你们走。”

李慧兰犹豫了一下。

江丰用力推开门，走进房间四下环顾了一番。

李慧兰赶紧关上房门并从里面反锁了门。

“求求你，快走吧！我老公买酒去了，很快就会回来。”

就在这时，门外响起了钥匙开锁的声音。

李慧兰紧张地望向门锁，门锁晃了几下，转不动。

门外的人开始用力砸门，叫骂——是她的老公李航。

“臭三八！你他妈的反锁门干什么？”

“他妈的赶紧给老子把门打开！你是不是在家里偷男人！”

“贱货，老子刚出去没多久你就犯贱！”

李慧兰吓得惊慌失措，拉着江丰就往二楼的房间里跑去。

“怎么办，这么办？”

江丰怒道：“干什么？我下去找他理论清楚！”

李慧兰拼命摇着头：“不行！不行！你快藏起来，绝对不能让他发现你在这里！”

她把江丰带进一间房间关上门，江丰一脸的不情愿，但还是忍耐下来。

把人藏好后，李慧兰匆匆忙忙走下楼梯开门。

房门刚一打开，李航就伸出手抓住李慧兰的头发将她推进房间，随即用脚关上了门。

李航浑身散发着浓烈的酒气，他将手里握着的酒瓶放下，双眼通红地盯着李慧兰。

李慧兰吓得坐在沙发上不敢动弹。

李航一巴掌扇了过去。

“啊！”

李慧兰感到脸上一阵撕裂般的剧痛，她叫出声来。

“你他妈的，臭婊子，不要脸！”

又是一拳打在了她的胸口。

李慧兰一边哭一边躲闪着李航的拳头。

“我让你锁门！让你锁门！”

李慧兰哀求道：“别打了，求求你！”

“这些天你到底去哪儿了？”

“你……你再打，我下次就不回来了！”

李航显然没想到妻子敢和他顶嘴，他冲妻子吐了口痰，吼道：“还想走？你果然有野男人了！”

说着李航抓起李慧兰的头发把她往墙上撞去。

“啊——不要——不是你想的那样！”

李慧兰弓起背撞了李航一下。李航一个踉跄，险些摔倒。趁此机会，李慧兰脱开了身，赶紧朝楼梯跑去。

李航骂了一句，追在后面。

“妈的，给我站住！”

李慧兰在即将跑到二楼的时候又被李航拽住了衣服。他试图再次去抓李慧兰的头发，但却没有成功。

李航一下子抓空，也许是因为喝了酒的缘故，他脚下一软，只觉得身体失去平衡，顺着楼梯就摔了下去。

听到这里，躲在楼上的江丰再也忍不住，他冲了出来。

只见李慧兰哭丧着脸，站在楼梯上不住地发抖。

江丰向下一楼望去，李航趴在楼梯下方的地板上，不省人事。他赶紧下去检查了一下李航的脉搏，发现并无大碍。

李慧兰颤巍巍地说："他自己摔下去的，不关我的事……"

江丰走近她，轻轻抚摸她的后背，安慰着她："离开他吧。"

李慧兰一个激灵，躲开江丰的手道："不行，孩子怎么办？我不能……"

江丰拿出手机："那就只有一个办法了，报警。"

"不行！不能报警！"

江丰惊讶地看着李慧兰。

"他……他在公职单位，上次我离家出走，他到处找我，旷工了好几天，已经被领导问话了。"

江丰的眼神变得冰冷，到了这个时候，这个女人竟然还在为自己的老公着想。

"如果我又失踪，他会丢官的。"

江丰正色道："你不能再这样下去了！"

"我跟他十几年都这么过来了，我没事……"

"十几年他都没改，你还指望他什么？"

江丰轻柔地抚摸李慧兰的脸颊，李慧兰对这亲密的举动有些抵触。她侧了侧脸，躲开江丰的手："你别这样。"

"你还不明白吗？他永远不会珍惜你的。"

李慧兰摇着头："你不要说下去了！你不觉得你说这种话很奇怪吗？"

江丰用力握住李慧兰的手。

"你松开，你吓到我了！"

李慧兰试图甩开江丰。

"请你离开！"

江丰一动不动。

"你是不是想让我离开我老公？你别做梦了！我是不会喜欢你的。你让我觉得恶心，变态！"

江丰漠然地看着李慧兰，随即使劲推了她一把。

"啊——"

李慧兰沿着楼梯滚了下去，她的脸部磕到了楼梯拐角。她感觉眼睛看不清了，有什么东西遮住了眼睛。是血吗？

李慧兰挣扎着想要立起身子，但只要一使劲，身上的各个部位都撕裂般地疼痛。

江丰盯着她，缓缓从楼梯走下，一面走一面将一双白色手套戴上。

李慧兰察觉到江丰模糊的身影慢慢靠近，她抬起头，有些癫狂地说道：

“你看！你和他有什么不一样！你……”

——她模模糊糊看到有东西向她飞来。

江丰用李航刚买来的酒瓶狠狠地砸在了李慧兰的头上。

几滴鲜血溅到了江丰的脸上。

李慧兰发出惨叫。她感到头晕目眩，本能地转过身，趴在地上往外爬。

江丰面无表情地走近，弯下身，抓住李慧兰，再用手捂住她的口鼻。

“咳，咳……”

李慧兰拼命地扭动着身体，但却毫无作用。她的挣扎越来越弱，渐渐不再有了声息。

江丰将停止呼吸的李慧兰放在地上，血从尸体的额头缓缓流出。

23.

拘留室内，江丰猛地惊醒过来。他摸了摸脸颊上，湿湿的，全是泪水。

那名精瘦男子凑近道："喂！你刚才做噩梦啊。吓我一跳！你哭什么？"

江丰连忙抹着脸上的眼泪。

"梦到什么了？说来听听。"

拘留室的栏杆外，雷子走了过来，他注意到精瘦男子在找江丰攀谈，呵斥道：

"你给我离他远点！"

精瘦男子撇了撇嘴，乖乖地站到了一边。

雷子冲江丰道："大作家，睡醒了？"

江丰没有理会对方的讽刺，问道："雷警官，你是不是相信我的话？"

"相信你？你说的那些东西全都没法证实。说老实话，你确定那个什么手术不会伤害脑子吗？”

“这……做手术前，医疗中心倒是保证不会伤及人体……”江丰不太肯定地说道，“但我看到的记忆一定是真的。我刚才睡着时又看到一些东西。那个凶手是把李慧兰推下楼梯的。奇怪的是，李慧兰摔下去之后，好像看不清东西了……”

听到这句话，雷子的脸色一变。

“知道了。我会跟沈警官汇报的。”

江丰见对方终于把自己的话当一回事，心里松了口气。

“问你个事儿：你去取回记忆的那天，是不是把什么东西掉在地上了？”

“对。是我记忆晶片的号码牌。”

“那你记得这个人吗？”

雷子拿出一张彩色打印的图片，上面是一个穿着帽衫，戴着墨镜口罩的人。

江丰仔细想了想，随即摇摇头。

“没印象。怎么了？”

“刚才看监控录像，我们发现你俩同时在地上捡东西。”

江丰恍然大悟：“你的意思是——不是记忆大师把我的记忆搞错了，而是那天发生事故后，我不小心跟凶手交换了记忆？”

雷子哼了一声道：“你问我我问谁？”

江丰沉默下来，陷入沉思。

这时，站在一旁百无聊赖的精瘦男子问道："警官，有没有下午茶啊？饿死了！"

雷子看向他："有夜宵，你要不要留下来吃夜宵啊？"

男子瘪了瘪嘴。

突然，江丰大喊道："雷警官！快点派人去保护我老婆！"

"为什么？"

"那个凶手跟我互相拿错了记忆。根据我的记忆，他岂不是会爱上我的妻子？"

雷子没太理解："所以呢？"

"之前我在记忆里看到的……死掉的两个人，好像都是凶手喜欢的人。所以我老婆会有危险！"

"大作家又有新桥段了啊？"

江丰恳求道："你一定要相信我！我怎么会拿这种事情开玩笑！"

雷子并没有在意江丰的话，他接起一个电话，一边说一边走开了。

“雷警官！”

江丰抓着栏杆冲雷子的背影喊道，但对方却没有回应他。

精瘦男子走上前拍了拍江丰的肩膀：

“兄弟，你省省吧！叫他去保护你老婆，你怎么不干脆叫他放我们出去？”

江丰回过头，不悦地看了男子一眼。

男子原本还想再调侃他几句，但当他看到江丰的那双眼睛后，立刻打消了这个想法。

不远处，雷子正在跟沈汉强通着电话。

“师傅，你怎么还没回来啊？”

“我还在记忆大师调查，你那边什么情况？”

“江丰刚才又想起些东西，好像真的跟案情有关……”雷子严肃地道，“他说李慧兰看看不清东西。你记不记得验尸报告里提过，李慧兰眼睛是受了伤，而且还有高度近视对吧？”

电话那头沉默了几秒，才又响起：

“不用说了。你现在出发，我们到李慧兰家碰头。”

“去那儿干吗？”

“还能干吗？找证据！

24.

李慧兰家依旧保持着案发时的模样。

雷子抵达的时候，沈汉强已经在了。雷子站在客厅里盲目地看着四周问道：

“师傅，能破案的东西都被物证科拿光了，我们还能找到些什么啊？”

沈汉强停下手上的动作：“你告诉我，什么叫能破案的东西？”

“呃……”

“案发现场每一件你觉得可有可无的东西，在案发时都有它特定的作用。现在开始，你不要轻易地指定哪件能破案，哪件不能。”

“知道了。”

“况且，我们要找的东西，只是用来证明江丰有没有说谎。雷子，你去书房看看。”

书房在李慧兰家的二楼。

雷子走进去四处查看。只见书籍摆放整齐，数量很多，但绝大多数书籍都是未拆封的套装或是历史名著，应该都是用来装样子的。

他检查了一遍，没发现什么可疑的东西。

忽然，雷子的目光落在了桌上的几本书籍上，他露出了惊讶的表情。

雷子喊道："师傅！有发现！"

沈汉强听到声音，连忙跑了过来。

"怎么了？"

雷子拿起桌上的一本书晃了晃。

"她家的书房里收藏了江丰的所有小说。"他手里的那本，就是江丰最出名的作品，《无声鸟》。

"这有什么奇怪的？"

"师傅，这几本书就摆在书桌上唉，一看就是经常看的，说不定她是江丰的书迷。这样一来，两人之间不就有联系了嘛？"

沈汉强皱着眉头："我查过，江丰本来就是畅销书作家，有好几本都破了百万册。李慧兰是他的书迷也没什么可奇怪的。"

"可是……"

"好了，先别管书了，来看证据。"

雷子把书放下，惊讶地问道："师傅你找到证据了？"

“我没有。但你能找到。”

“啊？”

雷子一脸茫然，不懂沈汉强为什么要这么说。他跟着沈汉强走到二楼楼梯口。

沈汉强问他：“想不想做一个好警察？”

“当然想了。”

“怕不怕痛？”

雷子摇了摇头。

沈汉强一巴掌抽在雷子的脸上。

“哎哟！”

雷子惨叫着跌下楼梯，趴在地上半天爬不起来。

缓了几秒后，他才坐起身来，喊道：

“师傅！你疯啦！”

沈汉强正色道：“你先别起来，就在你现在的位置找找看。”

“……我懂了，你是让我从受害者的角度重现一遍案发现场！”

沈汉强点点头。

雷子干劲十足地趴在地上探寻了好久，果然，他在楼梯缝隙处发现了一个微小的闪光。他从兜里掏出镊子，捡起那东西——这是一个沾满灰尘的透明圆片。雷子用戴着手套的那只手轻轻碰了一下，软软的。

“师傅！我找到了！”

沈汉强连忙下去查看，他看清雷子找到的物品却高兴不起来，脸色越发严肃。

镊子的顶端捏着一块干掉的隐形眼镜。

雷子兴奋地道：“看来江丰的话很有可能是真的，他知道李慧兰被推下去后似乎看不清东西。”

“嗯……不过还不能完全确认。总之先把这东西收好带回物证科。”

“好的。师傅，我们接下来怎么办？”

“还有份证词我想去验证一下。”

“谁的？”

“李慧兰的女儿，李小芸。她母亲死了是她报的案。”

两人走到邻居家，按了门铃。

一名四十多岁的中年女人开了门，见来人是警察，有点不太高兴。

沈汉强直接说道：“张太太，我们还有几个问题想问你。”

“警官，你们到底要问几次啊？我也要生活的！”

“不好意思，我们检查口供的时候，发现了一点小问题。”

中年女人无奈地走出来。

“根据口供，你说你去李慧兰家敲门的时间是晚上9点01分。当时是李小芸回应的你，她说家里没事。对吧？”

中年女人点了点头。

“但是根据警察局的记录，李小芸的报案时间是晚上9点03分。中间只隔了2分钟。”

“我绝对没有记错。”女子提高声音，强调道，“我去她家的时间就是21点01分。”

雷子立刻问道：“你怎么可能记得那么精确？”

中年女人白了他一眼：“我每天晚上都在看电视剧《无声鸟》。那天我听到隔壁那家有打骂声。但因为在看电视，我没有立刻过去。电视剧是20点59分开始放下集预告，每次快到整点屏幕右上角也会有倒计时。我看完下集预告出的门。你看我从自己家客厅到她家才几步路，顶多三十秒吧？”

她一面说，雷子一面记在了随身携带的笔记本上。

沈汉强又问：“那你跟李慧兰关系怎么样？”

“她人不错，平时关系挺好的。”

“那你知不知道李慧兰离家出走的事？”

中年女人气愤地说道：“她老公这样对她，不离家出走才怪！”

“那你知道她去哪儿了吗？”

“这就不知道了。”女子想了想又说，“不过那段时间，她家小姑娘每天正常上学放学。倒是她老公比较着急。有一次父女俩在吵架，李航问他女儿妈妈在哪儿，你猜李小芸怎么说？”

雷子好奇地问：“怎么说的？”

“那小姑娘说：‘你管她去哪儿了！就算死了也比跟你在一起好。’”

雷子闻言望了沈汉强一眼，沈汉强眉头紧锁。

“这么说，李小芸很有可能知道她妈的……她母亲离家出走后去了哪里。”

中年女人又道：“对了，她妈妈离家出走那段时间，我看到过两次有人开车送李小芸回家。挺奇怪的，那个人每次都把车停在离她家有段距离的地方，小芸才下车走回来。”

沈汉强急忙问道：“你有没有看到开车的人？”

中年女人摇了摇头。

“是什么车？”

“哎哟，那么久了，我怎么记得清楚啊！”

雷子说道：“这么说也有可能是她男朋友？等等……李小芸才十四岁……”

中年女人附和道：“哼，现在的小女生，真的说不

准喔。”

离开李慧兰的邻居家后，沈汉强和雷子回到车上，各自思考着案情。

“师傅，我感觉我们面对的敌人很可怕啊！”

“为什么？”

雷子解释道：“假如刚才那位张女士没说谎，李小芸也没说谎，江丰也没说谎，那凶手要在21点01分到03分短短2分钟时间里完成杀人、嫁祸、逃走的一系列动作。这说明，他的速度很快!”

沈汉强抬起手，迅速一巴掌拍打了雷子的后脑勺。

“够不够快！够不够快？”

“哎哟，师傅，你不要打击我的积极性嘛！”

“神经病！我们又不是在拍美国大片，抓什么超能力者！这其中肯定有人在说谎！”

雷子揉着脑袋说：“那搞不好，江丰的怀疑是正确的。”

沈汉强沉默下来，陷入了思考。

25.

江丰在拘留室里坐了快两个小时，实在是烦闷得够呛。他看了看墙上的手铐，又瞅了瞅那名精瘦男子。只见对方依旧吊儿郎当地坐在那里。江丰突然想到了什么，朝他走去。

男子看到江丰主动过来，不明就里地看着他。

“老兄，我想问你个事儿。”

男子立刻回答：“我什么都不知道，别问我。”

“哎，你之前不是说，有个女人在号子里吞针？”

“是啊。”

“她为什么要这么做？”

男子笑道：“我干吗要告诉你？”

“我可以给你钱。”江丰一脸认真地盯着精瘦男子。

对方被看得有点浑身不自在，也没提钱的事，直接回答了他：“保外就医呗。”

江丰有些疑惑。

男子解释道：“你在这里自残的话，警察一定会送你去医院。他们怕你死在这里。”

“我想出去，你能不能帮帮我？”

江丰望着男子。

“你别看着我，我也没办法。”

江丰依旧望着他，他的眼神让精瘦男子感到非常不舒服。

“算了，算了，怕了你了！”

男子从自己的衬衣衣领下面摸了摸，掏出一块小刀片。

“给你——你别烦我了啊。”

江丰接过刀片一看，这是把剃须刀的刀片掰成了两半。刀刃上用透明胶黏了一圈，但看上去依然很危险。

他用手轻轻擦了擦刀刃。

男子道：“有胶带保护，死不了……只要他们确定你不是在装病，就会带你去医院。”

“如果不去医院怎么取出来呢？”

“你可以催吐或者拉出来。”男子看着江丰回答，他的脸上带着坏笑，似乎不相信江丰会吞下去。

江丰捏着刀片，尝试着把它放进嘴里，但他很犹豫，最终又拿了出来。

江丰想了想，随即冲精瘦男子问道：

“我要给你多少钱，你才肯把它吞下去？”说完后，他一脸认真地盯着对方，像是在恳求，又像是威胁。

“开什么玩笑！你他妈谁啊你？”男子叫骂道。

江丰突然把捏着刀片的那只手伸到他嘴边。

“你就当帮帮我。”

男子这才意识到对方是认真的，他扫视了江丰一眼——那张脸上的表情让他感到害怕。他张嘴呼叫：“警察……”

江丰见他嚷嚷，慌了神，立刻冲上去捂住了男子的嘴。与此同时，他的脑子里出现了一个匪夷所思的念头——江丰照着做了，他顺势把刀片塞进了男子的口中。

“警察快来！这个人要吞刀片！”江丰大喊道。说罢，他用力捏了几下精瘦男子的脸颊，对方的眼睛突然睁大。

血液从江丰的指缝流了出来。

江丰松开手，偷偷把刀片抠了出来，精瘦男子一脸痛苦地弯下身。

“怎么回事？搞什么！”

两名值班警察冲了过来，赶紧打开门，救助精瘦男子。

男子发出痛苦的惨叫。

“你张开嘴！我看看！”

警察检查着男子的口腔。

“该死的！他吞下去了！”

江丰把刀片藏了起来，他趁着警察的注意力集中在男子身上，缓缓地往门口挪动步子。

一名警察发现了他的举动。

“喂！你想干什么？”

江丰拔腿就跑。

他出了拘留室，没跑两步，就看到张代晨正坐在一个办事窗口前说着什么——她应该是来给自己办保释的。

“晨晨！我有话跟你讲！”

警察跟在江丰的身后大喊着：“快拦住他！”

江丰还没来得及跟张代晨说话，就被迎面而来的另外两名警察拦了下来。

“让开！别拦着我！”

江丰试图推开警察。

张代晨看到丈夫在和警察纠缠，急忙道：“警官，我正在办保释手续……”

听到她这么说，警察倒也没有为难江丰，松开了手，只是将他牢牢盯住。

江丰问妻子:“你没事吧?”

张代晨有点纳闷:“我?怎么了?”

江丰气喘吁吁地道:“你听我说……晨晨,我跟一个杀人犯拿错了记忆,这两天你一定要小心身边的陌生人!”

张代晨惊讶地捂住嘴。

这时,刚才那名在照顾精瘦男子的警察跑了过来:

“不能让他走!刀片是他硬让那小偷吞下去的!”

江丰脸色一变,拉着张代晨就要走。

几名警察冲上来分开两人,试图制服江丰。

“你们干什么?我妻子来保释我,为什么要抓我!”

江丰拼命挣扎着,也不知道是哪来的力气,猛地将三名警察甩开。

“你们别过来!我要找律师!”

警察们围住江丰,有人甚至掏出了警棍。

张代晨也被江丰的举动吓了一跳,劝道:“江丰,你别这样!”

江丰没听进去,朝着门口的方向冲去。警察们再次拦住他。现场乱成一团。

忽然,一个人影快速地冲了上来,把江丰压在了地板上——是沈汉强。

“给我安静点!”沈汉强怒道。

被按得动弹不得，江丰的情绪终于冷静下来。

他抬头张望，只见有血滴到地板上——混乱中，张代晨的手臂被桌角划了一道长长的口子。

江丰愣住了。

张代晨此时才察觉到疼痛，她捂住手臂："我没事，我没事。"

江丰大声说道："你们抓错人了！"

沈汉强面色阴沉地道："现在我以拒捕、袭警、伤人三项罪名正式扣押你。"

张代晨急忙为丈夫求情："警官，他不是故意的，这是意外！"

沈汉强冷冷地看了张代晨一眼。

"师傅……"雷子刚刚赶到，还不太了解情况。

沈汉强对他说："雷子，给江丰再录一下口供。袭警伤人。现在合程序了！"

雷子点点头，和另外两名警察一起把江丰架进了审讯室。

"我要请律师！我……"

听着丈夫的大喊声，张代晨对沈汉强怒道："你什么意思啊？我都说了是意外了！所有人都看到了！"

"你冷静点。"

"什么？我冷静？我怎么冷静？你凭什么抓我老公啊？"

“你放心，我们不会把他怎么样的，其实他是在协助警方办案。”

张代晨将信将疑地问道：“真的吗？”

沈汉强看着张代晨，点点头。

“警官你听我说，我老公平常是个特别温和的人，我也不知道他今天是怎么了。但他不会做坏事的。”

“放心吧。”

沈汉强对一个警察招招手，让他照顾张代晨。

“把她送去圣德联合医院。”

张代晨走到门口，她回头一看，只见沈汉强正望着自己，她并没有多想，便跟着那名警察出去了。

沈汉强见她离开，叹了口气，走到角落拨通了一个电话。

“喂……姗姗，我这边有个女伤员正送往你那里去……”

他一边打电话，一边捏了捏眉心，看起来十分疲惫。

过了一会儿，雷子从审讯室里走了出来。

“师傅，江丰已经冷静下来了。”

沈汉强赶紧挂断电话，跟着雷子折了回去。

只见江丰站在审讯室的墙角，一只手被铐在墙壁上，神情漠然地看着自己。

“江丰，我相信你的话。我去过记忆大师了，他们非常不配合，一定要我拿出搜查令。”沈汉强顿了顿道，“现在的情况是，如果我去申请搜查令，少说也要一周的时间。所以，我没法确认是谁跟你交换了记忆……但我相信你。”

江丰立刻道：“那就派人去保护我老婆。”

“她现在很安全。当务之急是你要尽可能地给我线索，只有抓到了真凶，你和你老婆才能真正地安全。”

“我能想起来的我都交代了。”

“你不要忘了，你只有七十二小时。”沈汉强强调道。

江丰猛地想起吴博士的话——通过‘记忆重载’写入大脑的记忆一旦超过七十二小时，就会永久保存下来。以现在的技术没有办法再次拿掉。也就是说如果江丰还想把这段不属于自己的记忆拿出来，就必须在七十二小时内再动一次手术。

沈汉强劝道：“往好处想，凶手可能还没发现记忆拿错了。但你最好赶在他之前找出他的身份。”

江丰咬牙道："大不了，我不做手术了！"

"刚才你老婆一直跟我解释说你以前是个很温和的人，"沈汉强说道，"但你今天晚上的所作所为，真的是你的本性吗？"

江丰的脸色一变："她伤得很严重吗？"

"她没事，但她很担心你。我查过资料，在国外已经发生过好几起记忆大师把客户的记忆拿错的事了。外国一名男子因为错拿了女人的记忆，没有在七十二小时取出，慢慢地他开始穿女装，最后做了变性手术……这说明了什么？"

江丰有些疑惑，但他隐隐察觉到了什么。

"纵使是别人的记忆也会影响你的性格！"

沈汉强的话让江丰感到不安。

"所以，你必须把杀人记忆彻底删除！"

江丰认真地想了想道："我明白了，沈警官，你怎么说我就怎么做。但你能不能帮我一个忙？"

"你说。"

"告诉我老婆——不要接近陌生人。"

B A T T L E O F

26.

圣德联合医院急诊室。

陈姗姗正在认真地帮张代晨清理伤口。因为是警察送来的伤员，她习惯性地问道:

“这是怎么划伤的？”

张代晨犹豫了一下说：“我自己不小心摔倒的。”

陈姗姗笑了笑，看表情显然不太相信。

“谢谢你，医生。”

“谢什么，这就是我的工作。我叫陈姗姗，你叫我姗姗就可以了。”

“我叫……”

陈姗姗抢先一步道：“张代晨嘛。”

张代晨有点惊讶。

“病历上写着呢。”

陈姗姗看着张代晨胳膊上的伤口，叹了口气。她听送张代晨过来的那名警察说了，是张代晨的老公在警察局闹事，才把她弄伤的。陈姗姗联想起李慧兰，心痛地问：

“你老公怎么下得了手。”

张代晨连忙解释：“是我自己不小心。”

“沈警官都告诉我了。”陈姗姗盯着张代晨的眼睛，像是在提醒她，“他可能不小心，但你自己得小心点。”

张代晨尴尬地点了点头，反应过来：“哎？医生，你认识那位警官？”

“你还是叫我姗姗吧。因为离局里近，他们这行又经常受伤，一来二去就认识了。”

“原来如此。”

陈姗姗又道：“女人要学会保护自己。”

她一面说一面将伤口包扎好，开始收拾东西。

张代晨知道对方是为了她好，但还是替江丰辩解道：“我老公是很温和的一个人，我们结婚这么久，从来都是我动手打他……”

陈姗姗见她不听自己的话，摇了摇头离开了。

27.

雷子气喘吁吁地将折叠床搬到了拘留室的隔离栏外。

“师傅，我搬来了。这是要干吗啊？”

沈汉强解释道：“我们时间不多了。江丰说他大部分的记忆重载都是在入睡后出现的，所以我打算让他多睡觉，多找点线索。这样不管江丰想起什么，我都能第一时间知道。”

“喔，喔，那我也搬张床过来。”

“不用，你不用睡这里。”

雷子嬉皮笑脸地说：“师傅你真体贴，知道我睡不惯这种床。”

沈汉强作势要打他，雷子赶紧闪开。

“你去看看张代晨，注意下有没有可疑人物接近她。”

雷子不情愿地道：“说了半天是要我睡车上！”

“快去！”

雷子咕哝着离开了。

沈汉强对江丰道："从现在开始，你什么也不要担心，专心回忆每个细节。所有的细节都有可能是破案的关键！"

江丰挪到床上说："可我又不是你，我也不知道哪些有用。"

"没关系，你都告诉我，我来帮你分析。你先试试看能不能让自己在梦中保持清醒。"

"又要做梦，又要清醒，这不是自相矛盾么？"江丰说道，"再说了，记忆大师的吴博士说，记忆重载不是梦。"

沈汉强想了想道："我的意思是——嗯……很多人都有过这样的体验，在梦里意识到自己在做梦。比如说，有一次我梦到自己死了，但我却又感觉到自己站在一旁看着自己的尸体。"

"真吓人。这种梦只有警察才会做吧。"江丰瘪了瘪嘴，"那具体我该怎么做？"

"很简单，你睡前给自己做点心理暗示。告诉自己，你正在做梦。"

看着沈汉强真诚的眼神，江丰不再反驳，点点头躺在了床上。

"谢谢。"

"什么？"

江丰闭上眼睛对沈汉强说："谢谢你相信我。"

28.

记忆重载

“他妈的，给我站住，臭婊子！”

“我让你锁门，让你跑！”

门外不时传来李航追打李慧兰的声音。江丰靠在门上听着外面的动静。忽然，他的身后传来一声响动，像是有人撞到了阳台门。

江丰扭过身，疑惑地望着阳台门，慢慢朝那里走去。

他经过床边，注意到床头放着一台电话座机，听筒没有挂好，斜放在一旁。江丰顺手把电话的听筒归回原位。

江丰打开阳台的门，只见一个带着大耳机的小女生正蜷缩在阳台的角落里——是李航和李慧兰的女儿李小芸。

李小芸看到江丰，立刻摘掉了耳机，起身抱住他，哭着说道：

“我真的不知道该去找谁了，我只能给你打电话。”

江丰感到一阵心疼，他安抚地摸了摸李小芸的脑袋。

眼前的画面突然一阵模糊。

江丰躺在床上翻了个身，他皱着眉头，表情紧张，看起来像是在做噩梦。

沈汉强站在床边，一脸严肃地望着他。

记忆重载

记忆再次重载后，画面转向了李慧兰家的客厅。

江丰正蹲在李慧兰的身前，背向楼梯，但他已经听到了李小芸的脚步声。于是他轻轻地将酒瓶放在了李航的手边。

紧接着，江丰迅速地脱下了橡胶手套塞进兜里，这才站起身来。他转身望着李小芸，一脸愧疚。

李小芸站在楼梯中段，看了看躺在地上的父母，又看了看江丰，似乎明白了什么。

“是不是爸爸把妈妈打死了？”

江丰没有说话。

李小芸蹲下身子，痛哭起来。

“对不起！我救不了你妈妈。”

李小芸摇摇头，并没有责怪江丰，她恶狠狠地瞪着自己的父亲。

江丰说道：“你快报警把。但是……”他皱着眉头，显得有些为难的样子。

“你走吧，我知道你是好人。你留下来会有麻烦的……你帮我妈妈已经帮得够多的了。”

江丰点了点头，转过身体向门口走去，与此同时嘴角微微上扬，不由自主地露出了一个诡异的笑容。

江丰躺在床上，嘴里不时发出呻吟声，表情看起来比刚才更加痛苦。

沈汉强皱起眉——看来江丰一定是看到了什么恐怖的画面。

记忆重载

夕阳映照着海滩，仿佛把一切都镀上了金色，远处水天相接。

江丰发现自己站在海边。

曾经出现在记忆当中的中年女人正对着他微笑。

江丰倒退两步，他突然发现自己可以控制自己的身体——这是怎么回事，是睡前不停暗示自己是在做梦起到了效果，所以自己才在记忆里清醒过来了？

正当江丰感到困惑之时，中年女人将双手伸进水中，再次伸出来时，她的双手扣在一起，当着江丰的面轻轻打开。

只见一条浮在空中的金鱼——半透明的身体，依稀可见鱼骨，像变魔术般从中年女人的手掌间游了出来。

江丰目瞪口呆，入神地看着金鱼。

忽然间，一个身影快速地走上来，抓住中年女人的头发，把她狠狠按入水中。

这……

江丰注意到来人，是那个曾经出现在记忆当中，砍下自己小手指并殴打妻子的中年男人。

中年男人一脸凶悍，五官狰狞，像是要杀死中年女人。

江丰赶紧去拉中年男人：

“放手！快放手！你会淹死她的！”

可是男子的力气却很大，江丰怎么拽都拽不动。

似乎是嫌他碍事，中年男人使劲一甩手，江丰跌入了海中。

一串气泡在水中腾起。

江丰呛了口水，吓得他赶紧扑腾起来。等再次睁开双眼，他已经从水里钻了出来。

奇怪的是，刚才的中年男女不见了，江丰所处的地方也变成了一间卫生间。

江丰浑身湿漉漉地跪倒在地板上，大口喘着粗气。

这到底是怎么回事?

这个场景他也见过，他曾经在这个房间的浴缸里看到过一个淹死的女人。

他胆战心惊地走向浴缸，此时的时空似乎静止了。浴

缸里溅起的水花凝结在空中，而缸中的水面则静止不动，中年女人像是被冰封在了里面。

江丰想起临睡前沈汉强的嘱咐，赶忙观察起四周来，试图找到能揭示凶手身份的线索。

他走到镜子前，镜子被水雾覆盖，一片模糊。他用手擦了擦，却没有任何作用，镜子里依然什么都看不清。

江丰走到浴室门边，握住门把手轻轻一拧。

门把手竟然可以转动，这让他有些意外。

江丰缓缓拉开门，门外的画面顿时让他目瞪口呆——隔壁房间竟然也是一模一样的浴室，浴缸里同样有具女尸。

江丰感到自己的鸡皮疙瘩都冒了出来。他鼓起勇气，再次穿过这个房间。果然，下一个房间也是一模一样。

整个场景就像是一条景色被无限复制的长廊。

当江丰回头去看最初的那个浴室，却发现房间早已无限延伸到远方，而他自己就站在无限长廊的中间，两边都看不到出门。

江丰开始慌了。他尝试使劲地掐自己，抽自己耳光，但却依旧被困在这个时空里无法醒来。

“喂！有没有人？”

没有任何回应。

“沈汉强！沈汉强！你在不在？”

还是一片寂静，江丰感到绝望无比，瘫坐在地板上。

就在这时，沈汉强的声音不知从哪里传了出来。

“江丰！江丰！快醒醒！”

29.

江丰猛地睁开了眼睛，他立起上半身，只觉得自己浑身都被汗浸透了。

沈汉强关切地站在他旁边：“江丰你没事吧？你在梦里大吼大叫，还喊我名字。”

江丰摸了摸自己的额头和脸颊，都湿湿的，也不知道是汗还是泪。

“没、没事……刚才也不知道是做的噩梦还是……”

沈汉强递给江丰一杯水道：

“别着急，你缓一缓，慢慢说。”

江丰喝了口温温的水，感觉舒服多了，这才把刚才看到的东西讲了出来。

沈汉强想了想道：

“我想我明白了。”

“什么？”

“你不是说你看到有些东西很模糊，有些地方你去不了吗？”

江丰点了点头。

“因为你拿的是别人的记忆，他没有记住的事情你当然看不清，他没有去过的地方，你自然也去不了。”

江丰觉得有道理，又问：“那只在空中游泳的透明金鱼你觉得代表了什么？”

沈汉强愣了一下：“这根本是超现实的东西。会不会是你的梦境和记忆混淆了？”

“按说不会。记忆大师的人说过，记忆重载完成之前我不会做梦。”

沈汉强一脸严肃地盯着江丰。

“那就只有一种可能，第二位受害者是个魔术师。”

说完之后，他又笑了起来。

江丰苦笑道：“沈警官，你别说笑了。话说回来，你们是不是该去调查一下李慧兰的女儿？我刚才在梦里看到她同凶手说话了。”

“你确定李小芸看到了凶手？”

“我确定！只不过她没有看到凶手杀人的过程。凶手应该是她认识的人，她以为凶手是来帮妈妈的。案发时凶手就让她躲在二楼的阳台上。”

沈汉强陷入沉思。

“而且在我看来，凶手一直维护李慧兰，也就是说，他本来没有打算杀人。”

沈汉强被江丰点醒了，两人想到一处去了。

“但他却随身带着手套。”

江丰想起凶手从兜里拿出手套的画面，坚定地道：“对！”

“什么样的手套？”

“白色的。”

“就像是外科手术用的那种？”

江丰仔细想了想：“对，应该就是医用手套。”

沈汉强把这几条信息都记录在了本子上。

江丰又道：“对了，我想起来了。李慧兰死前的最后一通电话就是打给凶手的！”

“你确定？”

“确定！”

“好，我知道该怎么做了。”

这时，沈汉强的电话响了，是雷子。

“雷子，怎么了？”

“师傅，你不是说有人接近张代晨就告诉你吗？”

沈汉强看了一眼江丰，表情疑惑，转而又变得凝重起来。

30.

门铃响起的时候，张代晨正在家里整理丈夫的书籍。她走到门口，想起丈夫和警方的叮嘱，并没有立即开门，而是在猫眼里看了看才把门打开。

来人让她有些惊讶，是上次在医院帮她包扎伤口的医生陈姗姗。

“姗姗？”

“我来给你送点药。” 陈姗姗比画了一下手里的袋子，又掏出一支药膏，“这个去疤痕药膏很有效，给你用。”

“这怎么好意思。”

张代晨赶紧让陈姗姗进到屋里。

“小case啦。”

“你怎么知道我住这里？”

“病人资料里有写喔。再说了，我最近打算买房子。你们这个小区很不错，我上周末还来这里看过。这不，中介又约我一会儿去看另外一家，我就顺道给你带点药。”

张代晨泡了茶水，端给陈姗姗。

“其实我本来想把房子卖了的。”

“啊？真的？住得好好的，干吗要卖掉？”

“如果我和老公真的离婚了，肯定是要卖的……但我还拿不定主意，想等江丰拿回记忆以后再跟他商量一下。”

陈姗姗不知道该怎么安慰张代晨，于是她走到客厅的窗台边：“从你们家能看到绿地公园吧？我一直想买一套这样的房子。”

“我们家这个朝向是看不到绿地公园的，公园在另外那边。”张代晨指了指大门的方向。

“啊，是吗？”

“我记得当初看房子的时候我也想买那个朝向的。但是等我们买得起的时候，那边已经卖光了，所以才买了现在这套。”

陈姗姗点了点头，坐回沙发上喝了一口茶水，随即从包里掏出两张票。

“对，还有个事儿。朋友送了我两张音乐会的票，爵士乐。但我实在找不到人一起去看，代晨姐，你有兴趣吗？”

张代晨接过票看了一眼，是她颇感兴趣的音乐会。

“唉，我还真挺想去的，但是……”

陈姗姗看着张代晨犹豫的样子，猜到了她的心情：“你是没什么心情去吧？还在担心你老公？别担心，沈警官说他过两天就出来了，不会有事的。”

“真的？”

“我跟沈警官很熟的，他不会骗我的。”

“那我想想。”

陈姗姗在一张便条上写上自己的电话号码递给张代晨。

“这是我的手机号。”

随后她把一张票放在茶几上，站起身来。

“代晨姐，那我就先走了。中介还在等我。这张票留给你。如果你想去，我们就晚上在音乐厅见。”

张代晨点了点头。

陈姗姗离开后，张代晨走到书房，翻出了江丰和她的合照相册。

这是一本很厚的册子，里面都是她这些年来精心挑选的照片。

她坐回到沙发上，认真地翻阅起来。望着相片中环抱住自己的江丰，张代晨觉得有些鼻酸。她抽了张纸巾，突然发现沙发角落里放着一个塑料口袋。

张代晨打开一看，里面放着很多医疗用品，有工具盒、绷带、乳胶手套等。

这好像是陈姗姗落在这里的。

张代晨一边想一边拿起姗姗刚才留下的便条，给她拨了过去。

“喂，姗姗？我是张代晨。你是不是有个袋子忘了拿？”

“啊……好像是的！是我的！真是不好意思，代晨姐。”

“没事儿。”

“那我等下过去拿。”

张代晨的目光落在茶几上的音乐会门票上。

“不用这么麻烦了，不如晚上音乐会见吧，到时候我带过去。”

31.

沈汉强把车停好后，和雷子来到了城南看守所的审讯室里等人。

雷子问道："师傅，我们真的有必要重审这个案子吗？前前后后都问了这么多次了。"

"假如凶手对李慧兰有恩，那李小芸也不是没有可能包庇凶手。万一江丰是对的呢？"

"话是这么说，但我有种感觉，我们在被江丰牵着鼻子走。"

沈汉强用手指轻点着桌子，没有说话。

雷子挠了挠头发："反正我是想不通。你觉得是李小芸包庇凶手的可能性大，还是江丰做手术脑子坏掉的可能性大？"

"我觉得你脑子坏掉的可能性最大。"

"师傅，别开玩笑，我是认真的！我们就当江丰说的都是真的。按照他的说法，凶手一定会去接近张代晨，那我们只要盯着张代晨不就好了吗？”

沈汉强拍了一下雷子的后脑勺：

“我不是让你盯着了吗？你看看你告诉我的这些人。门口的传达室老大爷、超市员工，连我、你自己，甚至姗姗你都给我列出来了。这有用吗？不都是废话吗？我让你注意的是可疑人员，不是这些人！”

雷子抱怨道：“不能放过每一种可能嘛！”

沈汉强还想说些什么，但审讯室的门被人推开了。

李慧兰的丈夫李航被两名公安带了进来，在桌子对面坐下。他的皮肤很白，戴着眼镜，一看就像是知识分子，任谁也不会联想到他会对妻子实施家暴。

雷子拿出一副审问犯人的腔调道：

“我们想再问你一下案发当晚的情况，希望你好好配合。”

李航耷拉着脑袋，看也不看他们。

雷子厉声道：“警察跟你说话！把头给我抬起来！”

沈汉强跟着道：“李航，你能不能再跟我们讲述一遍那天晚上整个事情的经过？”

李航面无表情地道：“我喝了酒，打了她，后来她死了。”

“我想知道每一个细节。”

“该说的我早就交代清楚了。”

雷子问道：“你确定是你亲手把李慧兰敲死的？”

李航的眼睛盯着空无一物的桌面，沉默了好一会儿才说道：

“那不然你们为什么把我关在这里？”

沈汉强没有回答他的问题，反而问道：“听你邻居说，你女儿可能交了个男朋友，你知道吗？”

李航有点不耐烦：“不清楚。我管不了她！”

“你仔细回想一下。有没有可能……”

“我说了我已经认罪了。”

沈汉强强调道：“我们只是想帮你还原事情的真相。”

“结果就是我老婆死了，真相我不在乎。”

“那你至少告诉我，当晚你记得的最后一件事是什么？”

“我喝多了，我只记得她说她要离开我。”李航阴沉着脸，冷冷地道，“我情愿跟她死在一起，也不能让她离开我。”

沈汉强和雷子惊讶地对视了一眼。

李航突然发出神经质般的笑声。

“嘿嘿。两位警官不用再费力气了。反正在法庭上，我会承认是我杀的。”

说完，他看了一眼狱警，不愿再和两人多说一句话。

出了看守所，沈汉强开着车，一路上都在思考着案情。

雷子翻着自己的案情笔记道：“看来李小芸背着她爸

交了个男朋友。我觉得这个男朋友一定有问题！”

“师傅，你说会不会是李慧兰禁止女儿早恋，结果惹怒了女儿的男友，然后就被杀了？嗯……不对。如果我们再大胆一点猜测，也许李小芸才是真凶……至于动机嘛。很有可能是李小芸早就受够了父母的争吵。当然也不排除，她和她母亲爱上了同一个男人！”

沈汉强听到这里，猛地踩了一脚刹车。

雷子差点没被安全带勒死，他拍了拍胸口，扭头看向沈汉强，只见他一脸怒容。

“师傅，你干吗？我看你不说话，想调节一下气氛嘛。”

“你很聪明是吗？好啊。现在开始，你给我二十四小时盯着李小芸。找不到她的犯罪证据就别回来！”

“师傅我错了——”

“下车！”

“你不是来真的吧？”

“下车！”

雷子可怜巴巴地下了车，站在马路边。

“把你的钱包给我。”

雷子乖乖地掏出来递给沈汉强。

“现在你跑步前进，到李小芸的中学跟我碰头。如果我问完李小芸话后你还没出现，我保证你本季度的评估报告一定比你现在的脸色更难看！”

说完后，沈汉强开着车绝尘而去。

雷子叹了口气，走到一个路口，打开手机，自言自语道：“师傅也太落后了，现在都什么时代了，没收我的钱包就以为我只能跑了？我叫个车……”

一刻钟后，雷子赶到了李小芸所在的树贤中学。

此时午餐时间即将结束，食堂里已经没什么学生了。

雷子在门口故意徘徊了一会儿，这才走了进去。他看到沈汉强和李小芸坐在食堂角落的餐桌两边。沈汉强在问话，李小芸不时点着头。

雷子慢慢走过去，正好听到沈汉强问道：

“你爸爸说看到过好几次陌生人开车送你回家，车里面的人是不是你的男朋友？”

李小芸摇了摇头："真的不是，我只是搭同学家里的顺风车。我爸从来不管我，他根本就不清楚情况……"

她说到这里，注意到走过来的雷子，脸色变得有些不自然。

沈汉强还没回话，雷子就走到二人面前，猛地一拍桌子，凶神恶煞地问：

"哪个同学啊，叫什么名字？你把他给我叫出来！"

李小芸被吓了一跳。

雷子又吼道："小姑娘可别说谎！"

李小芸恐慌地望着他。

"你老实交代，为什么那晚邻居张阿姨敲门的时候，你说家里没事。但仅仅过了两分钟就报警说爸爸杀了妈妈？"

李小芸让自己慢慢冷静下来，她收起适才慌张的神情，看了看沈汉强，又看了看雷子，取而代之的是一个与她的年纪极不相符的成熟表情。

"叔叔，你们现在来问我话，是以警察的身份吗？你们来找我，公安局里知道吗？我想你们应该很清楚，我未成年。"

雷子被她的样子镇住，说不出话来。

"下次来找我谈话或是想让我配合调查，请遵循合法的途径。"

李小芸站起身来，撂下一句话，扭头离开了食堂。

雷子见沈汉强没有阻止她，问道：“师傅，我们真的这样就让她走了啊？你看她刚才那个表情，哪里像十四岁啊！”

沈汉强不快地道：“你也知道她才十四岁，刚才那么凶干什么？我好不容易才跟她谈起来。现在怎么办，难道我去申请逮捕令把她带回局里？”

“师傅你问出什么了？”

沈汉强摇摇头。

雷子嘀咕道：“你看，问了半天她等于什么都没说嘛！我看她一定有问题。”

“你觉得李小芸跟她母亲关系怎么样？”

“应该很好。母亲被父亲欺凌，女儿应该很心痛吧？”

“那她有什么理由包庇杀母仇人呢？”

雷子想了想道：“我知道。”

“怎么？”

“师傅你知不知道一个旧新闻。美国有一对老夫妻，几十年来一直吵架。每次吵架妻子都会用猎枪威胁丈夫，扬言要杀了他。但其实枪里没有子弹。有一天，两人又吵架，妻子习惯性地扣下扳机，枪膛里却射出了子弹。原来是他们的儿子受够了父母争吵，于是偷偷往猎枪里装了子弹！”

听了雷子讲的故事，沈汉强愣了愣。

“所以你觉得有没有可能是李小芸杀了母亲嫁祸给父

亲……要不就……”

还没说完，沈汉强的巴掌就拍了过来，雷子赶紧躲开。

“师傅，这也不对那也不对，岂不是说这条线完全断了？今天白跑了一趟！”

沈汉强苦口婆心地道：“我们查案要讲究证据，猜测虽然没什么不对，但动机也要合情合理。”

“我知道了。”

“江丰还在局里休息？”

“是啊，我刚打电话问过值班的同事。江丰一直躺在床上，真亏他一天能睡那么多觉。”

“他是想尽快查看清楚凶手的回忆。走，我们赶紧回去。”

两人开车回到局里，发现江丰还在睡梦之中。

雷子想要把他喊醒，但沈汉强做了个手势，制止了他。

“嘘，让他接着睡，说不定能看到什么新线索。”

“唉，他真把这儿当宾馆了。”

“去我办公室，趁他醒过来之前我们把线索再理一理。”

来到沈汉强办公室，两人在墙壁上张贴起江丰回忆的一条条线索。沈汉强将他们按照时间和逻辑顺序逐一排列起来。雷子则在旁边画了一张错综复杂的人物关系图：李航、李慧兰、李小芸、中年男人、中年女人、凶手X，还有江丰。

雷子画到一半，望着图表陷入了沉思。

“师傅，我感觉我发现了一条线索。”

“嗯？”沈汉强停下手上的工作。

雷子走到墙边，在李慧兰和江丰之间新拉了一条线，写上：书迷。

沈汉强问：“然后呢？你在李慧兰家的时候不是已经发现了吗？”

“没了啊，暂时只想到这么多。”

沈汉强叹口气，强忍住想抽他的冲动。

雷子一本正经地道:“师傅,但是我有一种强烈的感觉,我们一定忽略了什么。”

“废话。”

雷子盯着那张人物关系图,隐隐觉察到了什么,但又像是在迷雾中看到的模糊影子,想要抓却抓不住。他举起手,又在上面添加了几个名字代号:女邻居、李小芸的男朋友Y、李慧兰的同事、朋友、医生……

这时,一名警察推开了办公室的门。

“强哥,江丰醒了,他要找你。”

32.

记忆重载

一间狭小的房间内亮着一盏台灯。

中年女人坐在书桌前认真地制作木雕。江丰站在一旁观看，女人的手很巧，不一会儿，木雕就被打磨得有棱有角。

江丰忍不住伸出手，摸了摸没有完成的木雕。

“啊……”

在接触到木雕的一刹那，他轻呼了一声，看样子手指被扎进了木刺。

“怎么那么不小心。”

中年女人说了一句，然后抓住江丰的手，放到灯光下仔细看了看。随即她用镊子将倒刺拔出，然后把扎伤的那根手指放进自己的嘴里吸吮了几下。

“还疼吗？”

“不疼。”

江丰小心翼翼地再次拿起木雕，问道：“你为什么不跟他离婚？”

中年女人有些无奈地道：“你不会懂的。”

“我不想再看到你被他打了。”

中年女人伸出胳膊搂住江丰的脖子：

“至少我还有你啊！”

江丰喃喃地说：“要是他死了就好了。”

闻言，中年女人立刻放开了江丰，高声道：“够了！你别再说这种话了！”

江丰望着中年女人，眼神变得冰冷。

“我去洗澡了。”中年女人站起身，走向浴室。

不一会儿，浴室里传来水声。

江丰走到房间左侧的柜子前，落地柜装得异常高。江丰左右看看，然后将刚才中年女人坐着的凳子搬到了柜子前。他站到凳子上，翻开柜子上方的一格抽屉。只见抽屉里放着一堆药品。

他拿起其中一瓶药看了看，药品的包装贴纸上写着他看不懂的英文名字，但在瓶身上还贴了一张便贴，写着“止痛药”——想必是中年女人为了便于区分，自己贴上去的。

江丰放下止痛药，又翻找了起来，他再次拿起一个小瓶，只见上面写着：“安眠药”。他打开瓶子，看了一下药粒，形状和颜色都和刚才的止痛药一个样，是白色圆片。

江丰拿着药片，迟疑了一会儿。随即像是下定了什么决心，握紧了拳头。他从凳子上跳下来，将凳子归回原位，拿着药片走出了房间。

浴室门被推开了。

江丰端着一杯水，拿了两粒药递给浴缸里的中年女人。

“给，你的止痛药。”

中年女人赤身裸体地泡在水里，脸上还带着瘀青。她看到江丰进来，仿佛习以为常，没有任何不自在。她接过水杯和药片，将药片和着水吞了下去。

江丰走出浴室，关门的时候留了一道缝隙。

他就趴在门口偷看。

中年女人缓缓擦拭着自己的身体，碰到受伤的部位时，便会皱皱眉头。几分钟后，她似乎开始犯困，躺在了浴缸里，头枕着浴缸边闭上了眼睛。

中年女人慢慢滑入了水中，不一会儿，便因为缺氧开始挣扎，水花四溅出来。女子试图爬出来，但却使不上力气。

门外，江丰的脸上露出痛苦的神色，但他捂住嘴，克制住自己，没有进去。

也不知道过了多久，水中挣扎的声音终于消失了。中年女人在浴缸里没了动静，从门外看不见她的身体，只有

一条手臂无力地搭在浴缸边。

江丰魂不守舍地走了进去，站在浴缸边。

“对不起，我不想看你再被他打了。”

江丰流下了眼泪，但他却咬住自己的拳头防止自己哭出声来。眼泪止不住地流下，他发狠地咬着自己，血顺着手背流了下来。

33.

江丰把自己新看到的回忆叙述完，眼角还带着一点泪光。

沈汉强问道："你还记得那个女人的样子吗？"

江丰点点头。

沈汉强把一个文件夹递给江丰。

"这是近两年来有过报案记录的女性家暴受害者资料，你看看有没有她？"

江丰接过去翻了翻，每份资料上都用回形针别着一张照片。

看着一张张陌生的、带着伤痕的面孔，江丰感到心里一阵刺痛。他翻了一半，实在翻不下去了，索性把自己的想法说了出来。

"没有她。我觉得……我觉得她不像是会报警的那种人。"

“你怎么知道？”

“因为她根本就是另外一个李慧兰。”

沈汉强愣住了，江丰的意思是两个人的性格差不多？

江丰又说道：“但有一件事情我想不通。”

“你说。”

“虽然两个受害者性格很像，但是凶手对她们的态度完全不同。我感觉他面对李慧兰的时候，还有点儿自卑。但对另外那个女人，态度就非常强势，像是变了一个人。”

沈汉强有点不懂：“你的意思是……你拿到了两个人的记忆？”

江丰也很困惑，但还是摇了摇头：“不可能，肯定是一个人。”

“你别想那么多了。明天我安排画像专家过来，你看看能不能把那个女人画出来。”

“好吧。”江丰点点头，“对了，李小芸那边怎么说？”

“她说那天晚上家里没有别人。”

江丰激动地道：“不可能！她说谎！我亲眼看到——不，我在记忆里亲眼看到凶手和她说了话。”

沈汉强不知道该说什么。

“你把她带回来！我跟她对质！”

“她还是个未成年人。”

江丰气不过，把手里的资料一甩，噼里啪啦地散落一地。

沈汉强没说什么，弯下腰去捡资料。

江丰忽然看到地上有一份材料，上面有几页纸满是数字。他捡起来一看，那正是电话公司通讯记录的流水单，机主名字是李慧兰。

江丰问道：“你不是说，你还没有查到李慧兰最后一个电话是打给谁的吗？”

沈汉强面无表情地说：“我还没有核实。”说着，他伸手想去拿流水单。

江丰往后退了几步，离沈汉强远远的，快速查看着流水单上的记录。只见最后一行的手机号码是13×××××××××……

“江丰，快把资料还给我！”沈汉强怒道。

“你明明查到了，为什么要骗我！”

“我有我的判断！”

“这到底是谁的电话？”

沈汉强冷冷地道：“你不需要知道！你别忘了！你自己还是嫌疑人！”

江丰摇了摇头：“那我们的合作，就到此为止了。”

沈汉强走上前，一把抽走江丰手中的流水单，沉着脸走掉了。

江丰怒视着他的背影，与此同时不停地在嘴中念着刚才看到的那串电话号码。

——不能再相信警察了，想等他们查明真相，还不知道要等到什么时候。

江丰做了个决定，他打算自己把整件事情调查清楚。

可他现在还被羁押在警察局里，得想个办法出去才好。

江丰动了动脑子，随即一狠心，大声喊起来。

“沈汉强！沈汉强！”

一名值班的胖警察走了过来。

“喊什么！沈队长出去了。”

“我要见沈汉强！”

“你要干吗？”

“我要出去。”

胖警察像是在看神经病：“老实待着吧你！”

江丰冷冷地盯着警察，随即从身上掏出先前从精瘦男子那里拿来的半片刀片。

胖警察慌了神，他一边掏着拘留室的钥匙一边呵斥道：“你要干什么！给我住手！”

江丰退到拘留室的角落里。

“哎，哎，哎！你给我住手！”

江丰表情冷峻，全无惧色，他把刀片慢慢放进嘴里。

胖警察终于找到了钥匙，手忙脚乱地开着门。

江丰感觉那刀片顺着口水从喉咙滑下。突然，咽部一阵刺痛，他的脸上露出痛苦的神色，忍不住跪倒在地上。

他张着嘴，咳嗽了几声，带着血丝的唾液滴了一地。

“喂！你怎么样？没事吧？”

胖警察一边询问着江丰一边让其他同事赶紧叫救护车。

十分钟后，救护车呼啸而来，江丰被抬了上去。胖警察把他的一只手铐在了担架上。

江丰脸色苍白，冒着冷汗，看上去疼痛难耐，已经没有力气。

一名医护人员问：“又是自残吗？”

胖警察无奈地点点头：“我签个字马上过来。”

江丰忍住疼痛，瞄了一眼旁边的托盘，只见里面放着手术剪刀和装有镇静剂的注射器。

他深吸了一口气，猛地蹿了起来，用胳膊一把揽住医护人员的脖子，把手术剪刀架在她的颈动脉上。

“啊……”医护人员尖叫了一声。

胖警察闻声赶来，看到眼前这一幕，吓得他赶紧掏出了随身携带的配枪。

“你别乱来！”

江丰一动不动。

“把刀放下！有什么话好好说！”

江丰忍着剧痛道：“给你两个选择。我杀了他，你开枪打死我。或者你放下枪，大家都不会有事。”

胖警察从没处理过这种现场，他有些犹豫，想伸手去按对讲机叫增援。

江丰见状，快速地用手术剪刀在医护人员的肩膀上扎了一刀，伤口不深，但鲜血还是透过衣服渗了出来。

“啊——”医护人员又疼又怕，眼泪都流出来了。

胖警察赶忙停下手上的动作。

“你别冲动！别冲动！”

“放下枪！”

胖警察只好慢慢把枪放在地上。

江丰凑到医护人员耳语道：“你给他打一针镇静剂。”

医护人员颤颤巍巍地拿起注射器的盒子。

江丰再次警告道：“如果你有一个多余动作，我就扎下去。”

小命在别人手上，医护人员哪敢乱动，她顺从地给胖警察注射了镇静剂。药剂很快起效，胖警察说了一句“江丰……你跑不了……”后便无力地瘫倒。

“去把他腰带上别着的钥匙拿过来。给我把手铐打

开。”

医护人员照做了。

江丰忽然扔掉手术剪刀，抓起另一个注射器对准医护人员的大腿来了一针。不一会儿，可怜的女护士也倒了下去。

江丰面无表情地看了两人一眼，随即从胖警察的身上拿走了手机、钱包，并顺手从救护车里拿起一顶帽子，跑向了远处。

大约跑了有几百米，江丰躲在了一个小巷子里。他拿出手机，拨通了张代晨的电话。

Records
Account: Li_Hui_Lan_
36670980I2
NUMBER
Cost.

34.

市音乐厅外灯火通明，人潮涌动。今晚这里请到了国外著名的爵士乐团，即将举办大型音乐会。会场外不时想起黄牛的收票卖票声，人们三三两两地往厅内走去。

张代晨一手拿着票一手提着陈姗姗忘在家里的袋子，正在检票口四下张望着。

突然有人用手拍了一下张代晨，她回头一看，陈姗姗正对着她笑。

“代晨姐，不好意思让你久等了。你到多久了？”

“没事的，我也是刚到没一会儿。”

两人一面说一面向厅内走去。

因为排队进场的口子十分拥挤，张代晨的头发有点散乱，陈姗姗伸手帮她整理着，看起来十分亲密。

进到里面，只见音乐厅环境优雅，观众们逐渐落座，厅内光线虽然偏暗但控制得恰到好处。

两人找到自己的位子坐下。

张代晨不放心地问："我老公真的不会有事吧？"

"你放心。"

"你跟沈警官那么熟，能不能帮我问问看，什么时候能放我老公回来？"

"好啊。"

听到姗姗答应得很痛快，张代晨这才安下心来。她叹口气说："说起来我也好久没来看音乐会了，我结婚之后就没有交过什么朋友。该早点认识你的。"

陈姗姗笑了笑："其实我早就认识你了。"

张代晨不解地看着她。

"我看过你写的书。"

张代晨一脸惊喜："真的假的？"

"真的呀。我喜欢看游记。几年前我看过你写的《埃及的冬天》《风游记》……"

得知自己早年的作品竟然还有读者记得，张代晨说不出来的高兴。

陈姗姗继续道："我很喜欢你的文风，就因为看了你的游记我才爱上了旅游。不过后来我好像就再没看到过你的作品了。"

张代晨笑了笑，脸上流露出一丝遗憾的神情。

"有些事，始终比写书重要。"

陈姗姗摇了摇头："如果你当时继续写下去，也许现在就不这么想了。"

张代晨略微有点惊讶，盯着姗姗。

"怎么，我说错话了吗？"

"没有，没有。只是觉得挺难得的，有人会鼓励我继续写作。"

音乐厅内的灯光渐渐暗了下来，演出即将开始。

雷子突然从音乐厅最后一排走廊的阴影中走了出来，他从局里出来后便直奔张代晨的住所打算保护她的安全，但却没想到看到了眼前的场景。

他观察着张代晨和陈姗姗之间的耳语，感到十分困惑。

这两个人什么时候跑到一块儿去了？那天江丰在警局闹事后，确实是把张代晨送去了陈姗姗所在的医院治疗，可两人这么快就成了朋友了？还一起去听音乐会？

正想着，手机突然响起来。

"喂，师傅，我正有话要告诉你。"

"一会儿再说！江丰逃跑了！你快回来。"

雷子挂断电话，疑虑地向前排又看了一眼，便赶紧离开了。

张代晨忽然觉得有视线落在了自己的身上，她下意识地回过头——身后的观众都在认真地听着音乐会，并没有什么不妥。

皮包里的电话发出了震动，张代晨怕打扰到旁人，尴尬地环顾了一下四周，随即掏出手机——来电显示是一串陌生号码，已经打了三次过来。

张代晨尽量压低了声音接起电话。

“喂，你好。”

电话里传来江丰的声音：“晨晨！是我！”

“小丰？你出来了？你没事吧，声音怎么怪怪的？”

“你先别管这个了。你在哪儿？”

“我在市音乐厅。”

“跟谁？”

“跟一个朋友，怎么了？”

“你千万别乱跑，就在那儿等我，一定要等我。”

张代晨感觉江丰的声音不对劲，她还想说什么，但江丰却把电话挂断了。

“怎么了？”一旁，陈姗姗问道。

张代晨摇摇头：“没事……”

35.

挂断电话后，江丰蹲在了路边，他感觉嗓子里面像是针扎一样，异常难受。

他把两根手指伸进嘴里，用力抠了抠喉咙。

反胃的感觉立刻传来上来。

他稀里哗啦地吐了一地。

江丰感觉舒服点了。他看着自己带血的呕吐物，刀片也在其中。

他擦了擦满头的汗水，将原本整齐的头发用手拢了上去。

顿时，书生气十足的江丰像是换了一个人，他的眼神透露着凶光。

江丰喘着粗气，回忆了一下刚才在资料上看到的电话号码。

他又把数字念了一遍。

36.

雷子风驰电掣地赶回了警察局。他冲进沈汉强的办公室，发现人不在。

在等师傅的时候，他又注意到了自己列在墙上的人物关系图。

一个设想瞬间让雷子感觉到自己的血液直冲脑海，甚至有一点点恶心。

——难道是这样?

沈汉强从外面走了进来，他从衣架上拿下枪套，招呼着雷子:

“喂，发什么呆，还不赶紧跟我去找江丰！”

“等一下！等一下！”

“快点！万一江丰出什么乱子你负责啊！”

雷子喃喃地道：“师傅，我感觉我找到突破口了。”

沈汉强盯着他，一脸不信任。

“师傅你别用这种眼神看着我嘛！我在想，假如江丰说的都是真的，李慧兰长期被家暴，认识了我们的凶手X，两个人好上了。李慧兰还去X家住了一段时间。”

“然后又有一个神秘中年女人，也是长期遭受家暴，也遇到了凶手X，两人也好上了。两人甚至私奔，结果被中年女人的丈夫抓到。对不对？”

沈汉强不明白他要说什么：“你讲重点！”

雷子故作神秘地问：“那你觉得凶手X跟两个受害人是什么关系呢？”

“情人啊！”

雷子激动地道：“错！”

沈汉强皱了皱眉头。

“喔，不对不对。我该这样问。你觉得凶手跟受害人的丈夫是什么关系？”

“情敌啊。”

“错！”

沈汉强再也忍不住，一巴掌拍在他脑袋上。

“雷子，我看你是吃错药了。”

雷子一反常态，没有退缩，反而道：“师傅，你太先入为主了！你想，要是你抓到你老婆跟人私奔，难道你不会打情夫一顿吗？可是他们吵了两句就结束了。是不是太不合理了？”

沈汉强愣住了。

“所以我觉得凶手跟受害人的关系有另一种可能。”

“什么？”

“也许他们根本就不是情人，而是……”

“快说！”

“闺蜜！”

沈汉强作势又要抬起手。

“师傅你先别打我，想想看有没有这种可能。”

雷子赶紧躲闪，他走到墙边，在凶手X旁边写上了一个名字：陈姗姗。

“陈姗姗是外科医生，她处理的家暴事件绝不止李慧兰这一起。作为一个医生和一个女人，她接触、同情病人也是理所应当的事……”

听了雷子的话，沈汉强的脸色变了。

37.

音乐会还没有结束，张代晨就起身走了出去。陈姗姗追了出来：“代晨姐，你要走啊？”她疾步下了旋转楼梯，在音乐厅一层的大堂内东张西望。

“啊，不是。我刚才接到我老公的电话，他声音听起来怪怪的。他说要来这里找我。我就出来看看他到了没有。”

“那我陪你去门口等吧。”

“不用，不用。你接着听音乐会吧。”

陈姗姗走上去挽住张代晨：“没事儿。”

“那谢谢你了。”

两人一边聊一边走向了门口。

在音乐厅门口的角落中，江丰正盯着张代晨和陈姗姗。

他拿起手机，默念了一串数字，拨了过去。

不远处，陈姗姗的手机响了。

江丰的心里“咯噔”一下，他看到陈姗姗掏出电话正要接，连忙挂断了电话。

陈姗姗的手机铃声也随即停止。

张代晨见状问：“姗姗，你有事吗？”

“没，可能打错了。不认识这个号码。对了——”

忽然，有人拍了拍张代晨的肩膀。她回头一看，是江丰，激动地道：

“小丰？你到了。你……你的鼻子怎么了？”

陈姗姗看到江丰，露出惊讶的表情。

江丰面无表情地望着陈姗姗：“不好意思，我找我太太有事。”说罢他拉起张代晨就走。

张代晨有些奇怪：“怎么了？”

江丰压低声音：“别说话，快跟我走。”

张代晨回头看了看陈姗姗，感到很抱歉：“姗姗，那我改天去找你。”

“叫你别说话，听不见吗？”江丰加重了语气，用力拽着张代晨的胳膊凶道，“你不要再接近这个女的了。”

“你弄痛我了！”张代晨看到江丰这么凶，十分惊讶，“你干吗呀你？”

陈姗姗看了看手机上那个陌生号码，又看了看江丰。

江丰沉着脸道：“你知道我出来有多不容易嘛。我是你老公，你能不能听我的！不要说话，不要回头，快往前走！”

“你放手！”

张代晨试图把手抽出来，但却没有成功。

江丰见状，用力架起张代晨，拖着她向外走去。

江丰的手机响了，他没有理会。

陈姗姗快步冲上来，拦住江丰：“你为什么要打我电话？”

江丰没有理她，拽着张代晨继续向前。

“代晨姐，你别跟他走！你看他衣服上有血！”

张代晨注意到江丰的前胸和衣领，确实有几处血迹。

“这是谁的血？”

江丰没有回答，继续向前走。

张代晨开始挣扎起来：“你放开我！有话好好说！”

江丰默默地看了张代晨一眼，他的表情冷若寒霜，看上去像是另外一个人。

张代晨有点害怕：“你吓到我了。”

陈姗姗一把拉住江丰的胳膊：“你没看见她不想跟你走吗？你再这样我要报警了！”

江丰突然涌起一股火气，他目露凶光，用一只手狠狠地钳住陈姗姗的脖子，用力地把她摺倒在地。

张代晨急道：“江丰！你到底在做什么！快放开姗姗！”

江丰吼道：“我叫你走就走。我是你老公，你为什么不相信我！”

张代晨无奈地看着江丰，眼神里透露着失望。

“我一直都相信你，但你明显有事瞒着我！”

江丰松开陈姗姗，去拉张代晨的手，她却躲开了。

张代晨赶紧把摔在地上的陈姗姗扶起来，又冲江丰说道：

“你删除记忆的前一天晚上，整晚没回家，你去了哪儿？”

江丰仔细回想，却答不出来。

“你到底在隐瞒什么？”

江丰茫然地望着张代晨的脸。

陈姗姗拉着张代晨的手，让她远离江丰：“请你离开！”

江丰看到陈姗姗的动作，再次燃起了怒火。他把手放进兜里，握着里面的手术剪刀。

工作人员注意到这里的争吵，带着一名保安走了过来。

“你们在干什么？”保安看了看张代晨和陈姗姗，指着江丰问，“这个人是不是在骚扰你们？”

江丰急忙道：“我没骚扰她们。这是我老婆，我们在谈家事。”

保安不太相信，扭头去向张代晨确认：“是这样吗？”

张代晨看了看保安，又看了看江丰的兜——露出了半截剪刀柄。

“他手里有刀！”

保安闻言，赶紧去抓江丰的手——果然，他的右手握住一把手术剪刀。

众人吓得纷纷后退。

保安把江丰的手死死抓住，对工作人员喊道："快报警！"

陈姗姗站在张代晨的旁边，用一种奇怪的眼神盯着江丰。

江丰对着她大喊道："是你！是你！你才是凶手！代晨！离她远一点！"

张代晨难以置信地看着江丰，眼神中透露着恐惧，仿佛在看一个怪物。

不久，闻讯而来的警方就把江丰带回了警局。

张代晨跟陈姗姗在警局外面等候着。

"姗姗，你先回去吧，我自己等就可以了。"

"没关系，我陪你。"

张代晨一脸担忧，丈夫一再闹事，她很害怕警方会起诉他。

陈姗姗安慰道："你放心吧，没有人受伤，警察不会把他怎么样的。"

这时，雷子经过了她们身边。

陈姗姗叫住他："雷警官。"

雷子看到二人，有点惊讶。

"我想问下江丰什么时候能放出来啊？"

“我说了又不算，回去等消息吧。”雷子注视着陈姗姗的眼睛。

张代晨急道：“能不能让我见见他？”

“今晚肯定见不到了。你赶紧回家吧。”

雷子说完，视线在陈姗姗的脸上又停留了几秒，便朝里走去。

张代晨和陈姗姗只好失望地走出警局。

“代晨姐，你明天有空吗？要不要跟我去花市逛逛，散散心。”

“我就不去了。最近家里发生这么多事，我确实没心情。不过，真的谢谢你。”

“没事。”

张代晨猛然想起了江丰的话，她看着陈姗姗，似乎想到了什么。

“姗姗，你对我真的很好。”

陈姗姗笑了笑。

张代晨伸出手去碰陈姗姗的眼睛。

“别动……你这儿有个脏东西。可能是睫毛。”

她快速地在陈姗姗的左眼睑下按了一下，又装模作样地抹了抹。

陈姗姗的左眼睑下并没有代表着做过记忆删除手术的蓝色光斑。

张代晨松了口气。

38.

江丰被警察关回了拘留室，此时，他的情绪已经平复了许多，正坐在椅子上发呆。

沈汉强走了进来。

“江丰，你知不知道你已经失控了？”

江丰没有说话。

“这样下去不行，你必须赶快去把这段记忆拿出来。”

江丰瞪着沈汉强道：“你为什么要包庇陈姗姗？凶手是不是她？你明明查出来李慧兰的最后一个电话就是打给她的。”

“就算是，那能代表什么？”沈汉强解释道，“李慧兰被李航殴打，受了伤，当然要去找医生。更何况现在没有任何直接证据能证明陈姗姗是凶手。”

江丰听不进去，继续道：“我的记忆还没有重载完，等完成了，我一定能找到她是凶手的证据！”

沈汉强劝道："等到那个时候，这段记忆就会永远地留在你的脑袋里面。这样值得吗？"

"难不成让凶手逍遥法外？"

"你真的觉得我们要为了抓住一个怪物，而制造出另外一个怪物？"

江丰愣住了，他想起自己这几天来的所作所为，把头低了下去。

"你说得对，刚才我老婆看我的眼神，真的就像在看个怪物。"

两人同时安静下来，各自想着心事。

江丰默默地开始流泪。

过了一会儿，他说道："虽然我不记得我删掉了什么记忆，但我很清楚自己为什么要去做这个手术。"

沈汉强好奇地问："为什么？"

"打从我跟我老婆在一起开始，我就觉得自己配不上她。在这段感情中，我是爱得比较多的那个。我想知道如果我把她从记忆里抹去，把她当成陌生人……她有没有可能……"

"回心转意。对不对？"

江丰被说中了，他看着沈汉强，感觉对方很了解自己。

"我现在才知道，就算我把记忆都拿掉了，我依旧爱着她。"

沈汉强有些感动，他劝道："你别想那么多了。明天做完记忆手术，就回去跟你老婆好好谈谈。我向你保证，就算没有这段杀人记忆，我也会尽我全力抓到凶手。”

江丰叹口气道：“老实说，我现在都不知道，到底哪个才是真正的我了。”

这天晚上，江丰怎么也睡不着觉。或许是因为第二天下午就要去记忆大师拿出记忆的缘故，他显得格外焦虑。

沈汉强也留在局里没有回家，他在看江丰的小说《无声鸟》。

其中有一段文字让他格外喜欢。

对于那些从不曾拥有的，我们总是能做到旁观者清。对于那些害怕失去的，我们永远是当局者迷。

到了早晨，沈汉强来到拘留室，只见江丰坐在床边，似乎一夜未睡，看上去十分憔悴。

“一会儿有画像专家来协助调查，你赶紧休息下。”

江丰有些丧气地道：“我睡不着。说不定记忆重载到此为止了，我已经看到了凶手删除的全部记忆。”

沈汉强没有答话。

一小时后，画像专家按照江丰的描述，画出了另一个受害女子，也就是记忆里中年女人的头像。江丰特别说明了，她的脸颊上有一颗痣。

39.

陈姗姗坐在出租车上，脑子里回想着李慧兰的事。

那天李慧兰是被女儿李小芸搀扶着走进医院的。她浑身是血，头发乱糟糟的，看起来像是被人狠狠殴打过一顿。

在进行过治疗后，李慧兰躺在病床上，左臂缠着绷带，输着液。她的脸上有好几处创口，整个人看起来很虚弱。

沈汉强赶到的时候，陈姗姗正在用生理盐水帮李小芸清理脸上的血迹。这小姑娘在不停地哭。

“是谁报的……？”沈汉强还没说完，就看见陈姗姗举起手。

“我报的警。沈警官。”

沈汉强走进来，看了看母女俩，问道：“什么情况？小孩也受伤了？”

“孩子没事，都是她妈妈的血。”陈姗姗一边说一边将病情诊断报告交给沈汉强，“沈警官你看，患者叫李慧兰。两侧肋骨骨折，左臂桡骨骨折，多处软组织挫伤……除此之外，身上还有好多旧伤，应该都是她老公打的。”

李慧兰一直默不作声地躺在床上，听到这里，突然情绪激动起来。

“没有！我老公没有打我！你不要乱讲！”

陈姗姗气道：“我这是为你好！你就老实跟警察讲吧，他们会帮你的。”

“谁要你多管闲事！我没有让你报警！我是自己骑车摔的！”

李小芸惊讶地看着母亲的反应，喃喃地道：“明明就是爸爸打的。”

李慧兰瞪了女儿一眼：“小孩子不懂事，她在撒谎。”

李小芸含着泪嚷道：“我没有！我亲眼看见爸爸打妈妈！”

陈姗姗心疼地把李小芸搂在怀里。

“小姐，到了。”

“喂，小姐，已经到花市了。”

出租车司机的话将陈姗姗的思绪拉了回来。

“不好意思。”

她付了车费，走向花市。这是一个专售植物的大型市场，狭长的道路两旁繁花似锦。

陈姗姗看到张代晨正站在一间店铺的门口冲她招手，连忙跑了过去。

“不好意思，代晨姐，路上有点堵。”

“没事，我也刚到。”

“你怎么突然改变主意想来这儿逛了呢？”

张代晨笑着说：“我今早接到沈警官的电话，他说江丰去记忆大师做手术，晚一点就能回家了。”

陈姗姗若有所思地道：“哦，这样啊。”

“所以我想来买点花，回去装饰一下家里。”

陈姗姗走进花店里，蹲下身，摆弄着这儿盆盆栽。

“你看这个怎么样？”

张代晨没有回答，笑了笑说：“姗姗，其实我想问你，我们刚认识两天，你为什么对我这么好？”

陈姗姗站起身来，拍了拍手上的灰。

“你老公牵扯的那个家暴案件，你知道吗？”

张代晨有所了解，她点点头。

“当初李慧兰被家暴，是我报的警。”

张代晨有点意外。

“她刚被送进医院的时候，一身是血，肋骨都被打断了。她女儿都说是她老公打的。但那个女的在沈警官面前却说是自己摔伤的，死活不肯指证她老公……还怪我多事。虽然我很想帮她，但也只能尊重她的选择。没想

到……再见到她就已经是她的尸体了。”

张代晨不知道该说什么好。

陈姗姗拿起一束花嗅了嗅：“所以我就告诉自己，我既然决定救人，就要救到底。哪怕超出了我的工作范围，只要能够帮到她，我就去做。”

“你误会了，江丰真的不是那种人。”虽然可以感觉到对方的好意，但张代晨还是说道。

陈姗姗叹了口气：“李慧兰也说过一样的话。”

40.

江丰怀着复杂的心情再次来到记忆大师医疗中心。雷子将他送到后，便坐在一楼大堂的休息区等他。

接待江丰的还是之前的那名护士。

江丰跟着护士向手术室走去，一路上，他的神情有些恍惚。几天的时间里，竟然发生了这么多事，当初自己为何要来这儿呢？明明还深爱着代晨……

两人走进手术室，护士递给他药片和水。

“江先生，您先休息片刻，尽量放松情绪。”

江丰吞下药片，躺在了放平的手术椅上。

护士开始把连接装置从机器接到江丰身上。

江丰慢慢地闭上眼睛。

41.

记忆重载

江丰再一次进入那间浴室之中。

他站在浴缸的旁边，静静地看着中年女人沉没在浴缸里，一只手臂挂在外面。

江丰流着眼泪，身子向前探去。

浴缸的水面倒映出了他的脸。

那是一张面目清秀的脸孔。

42.

“啊！”

江丰大叫一声，猛然睁开眼睛，坐起身来。

他被刚才自己所看到的画面所震惊，浑身的鸡皮疙瘩都冒了出来。

——怪不得，怪不得！凶手记忆画面中那些不合理的场景此刻都解释得通了！

护士冲他喊道：“江先生，您快躺下来！”

江丰胡乱地扯着身上的连接线：“停下来！我不做手术了！”

看到他激动的样子，护士有些害怕，只好帮他取下身上的连接装置。

江丰跳下椅子，夺门而出。

坐在大堂休息椅上的雷子纳闷地看着江丰从电梯里冲出来。

“雷警官！我们搞错方向了！”

“你慢慢说，怎么了？”

“我刚刚才发现，原来杀害中年女人的凶手是个小孩！”

“啊？凶手有两个人？不可能啊。你不是只装了一个人的记忆……”雷子似乎明白了什么。

江丰喘着粗气，解释道：“我的意思是，我最早看到记忆后，想当然地便认为这是一个成年人做的事。事实上，另外那个受害人，那个中年女人是凶手的母亲。我看到的是很多年前，凶手小时候的记忆！你快去查查陈姗姗的父母！”

雷子难以置信地望着江丰，过了半天才道：“好，我赶紧告诉师傅。”

雷子走后，江丰心里突然升起一股不祥的预感，他拨通了张代晨的电话。

“喂，晨晨，我知道错了。你千万别挂我电话。”

“江丰，你出来了？手术做完了？”

“快告诉我你在哪里？”

张代晨一边走一边打电话，她正站在一间老房子的客厅中，房子看上去已经废弃多年，里面的家具陈设都很老旧。在房子的后院，是个巨大的玻璃房，种满了花花草草。陈姗姗正站在花房中等她。

“我在新洲这边……怎么了？”

江丰急道：“具体位置！”

“紫檀路25号。”

“你现在能不能先回家？我回去找你。”

张代晨看了一眼正在摆弄花草的姗姗，回答道：“我可能得晚一点。我在参观姗姗家的花房。”

闻言，江丰急得直跺脚：“什么！你在陈姗姗家？她家的花房里是不是有木雕？”

“我看一下啊。”

张代晨拿着电话走到花房门口，放眼望去，几具木雕映入她的眼帘。

她奇怪地问：“你怎么知道？”

江丰吼道：“快离开那里！”

“你什么意思啊？”

张代晨站在花房门口，电话突然中断了，再回拨过去，却没有信号。

陈姗姗解释道：“这里信号不好。”

另外一边，江丰也在不停地拨打着妻子的电话，却一直提示对方暂时不在服务区。

雷子走过来：“江丰，我刚才跟师傅联系过了。他让我去保护李小芸。他说李小芸是唯一能够指证凶手的人。”

江丰没有理他，撂下一句：“我老婆跟陈姗姗在一起，我得去找她！”便飞奔出了医疗中心。

雷子闻言，本想跟着他过去，但想起师傅的话，决定还是先去保护证人要紧。他开车到了树贤中学，把李小芸接回了警局。一路上，无论雷子怎么问，李小芸一句话也不说。

雷子只好带她下了车，并嘱咐道：

“你记住，最近如果陈姗姗来找你，你千万不要跟她走。上学放学我都会来接你，明白了吗？”

李小芸总算有了点反应，她点点头。

两人走到警局门口，一名白发老人正站在门口东张西望。他拉住一名路过的警察问了句什么，对方摇摇头。随即，老人注意到了雷子，立刻走了过来，但雷子却没有注意到他。

雷子的注意力全部集中在李小芸身上，他灵机一动，问道：

“小芸，你可不可以告诉叔叔，那天晚上躲在你家和你说话的人是谁？”

李小芸下意识地道：“阳台上只有我一个人。”

雷子心里暗道：果然！

他脸色一变：“我什么时候说过你和那个人躲在阳台？”

顿时，李小芸一阵慌乱。她突然拔腿向外跑去。

“李小芸！站住！”

雷子追了上去，没跑几步便被一只手抓住了。雷子手里的文件夹掉在地上，资料散落一地。雷子回头一看，正准备骂人，却发现拉住自己的正是沈汉强的父亲。

老人问道：“汉强在吗？我没钱了……”

“伯父，我有急事！等下再跟你说……李小芸！给我站住! ”

雷子看着李小芸越跑越远，着急得不得了，他甩开沈伯父的手，飞快地追了上去。与此同时，沈伯父蹲下身去，捡起了雷子掉下的资料。

李小芸没跑几步就被雷子抓了回来。

雷子抓住她的肩膀，大声吼道：“你到底在包庇谁？！”

李小芸又惊又怕，雷子的大吼让她想到了自己的父亲，她大声哭了出来，引得周围的路人纷纷旁观。

另一边，沈伯父捡起资料，他看到其中一页纸时双手突然颤抖起来。只见他的左手小指还缺了一截。

43.

出了医院，天色已经很晚，江丰打了一辆出租车赶往张代晨所说的地方。

窗外的景色渐渐变得荒凉，江丰坐在车里，一脸担忧。

车子驶入紫檀路，周围都是老旧的房子，江丰在路边下了车。他沿着路走了大约五分钟，终于找到了紫檀路25号。他走到门口，轻轻地敲了敲门，大门轻微地震动了几下。

江丰愣了一下，他推了推，发现门根本就没锁。他左右看看，随即闪身走了进去。

房子的客厅里亮着一盏微弱的台灯，里面一个人也没有，四周安静得可怕。

江丰继续朝里走去，他经过一张桌子，突然愣住。只见桌子上摆着一个相框，里面是三个女人的合影。

合影的正中间是个老妇人，左右两边一个是短发女子，一个是脸颊带着痣的中年女人。

这不就是自己在凶手记忆中看到的那一家人嘛!

江丰的心里咯噔一下，更加担心张代晨了。

江丰注意到，客厅的远端传来微弱的灯光。他朝着那里走去，拐了一个弯，来到后院，他的眼前突然开阔起来——这是一间很大的封闭式玻璃花房，跟自己记忆中的一模一样。一侧的墙壁上爬满了藤蔓，花坛里种植着各式各样的花卉绿植。在盆菜旁，还摆放着几座漂亮的木雕。

江丰小心翼翼地边朝里走边四处查看。他忽然停住脚步，只见花房的地板中央有一大片红色的痕迹，像是血迹。

江丰绕开一株高大的植物，走近血迹，然后他看到了坐在地上的沈汉强。他的身上沾染了不少血迹，一把水果刀插在他腿上。沈汉强的手边，还摆着一根大木棍。

陈姗姗就躺在沈汉强的前方，她的额头上有明显的伤痕，看起来已经陷入昏迷，一动也不动。

沈汉强注意到江丰，虚弱地喊着他的名字："江丰……"

江丰没有看到张代晨，十分着急："我老婆呢？"

"你答应我，无论你看到什么都不要冲动。"

江丰快步走到沈汉强面前，抓住他的肩膀："我问你我老婆呢？"

沈汉强挣扎着站起身来拦住江丰："你是对的。陈姗姗才是凶手！”

江丰有种不好的预感，他注意到，在花房的一端还有个小房间。他立刻冲了过去，但沈汉强死死地抱住了他。

“你冷静点！江丰！”

小房间的门敞开着，江丰看到了屋子里躺在地上一动不动的张代晨，他顿时蒙了。

沈汉强松开了手：“对不起，我没想到陈姗姗会对一个孕妇下手。”

江丰看向沈汉强，纳闷地问：“什么孕妇？”

“你不知道你老婆怀孕了吗？”

江丰难以置信地望着张代晨，一脸错愕。与此同时脑海中爆发出了数个回忆。在自己做完记忆手术后，妻子的种种举动都证明了这一点。

——我早该注意到了，我早该注意到了！他在心里大喊着。

沈汉强劝道：“你老婆已经死了！我会让陈姗姗付出代价的！”

江丰泪流满面，他的目光落在沈汉强的枪上，他突然伸手去抓枪。

等到沈汉强想要阻止他的时候，已经晚了，他被江丰推倒在地。

江丰举起手枪，问沈汉强：“代价？什么代价？”

沈汉强没有回答。

江丰泣不成声地道：“是……十年？二十年？还是无期？这能挽回我老婆的命吗！”

沈汉强叹道：“我知道你们为了怀孩子吃了很多苦，但人都已经死了，你这样做有什么用？”

江丰摇摇头：“我想让她死！”他转过身，把枪口对准了陈姗姗。

就在那一瞬间，江丰像是察觉到了有什么不对劲。

他迟疑了，松开手指。一股寒气从背后腾起。

江丰重新把头转向沈汉强，问道：“你怎么知道我们为了孩子吃过很多苦？”

“那是因为……”

沈汉强说到这里，忽然扑了上来，抄起棍子一下打在江丰的背上。

江丰跌倒在木雕旁，他举起手枪试图反击。

沈汉强恶狠狠地压在江丰身上，死命按住他拿枪的手。

纠缠间，江丰扣下扳机，“砰砰砰！”开了三枪，但却没有打中。

沈汉强的力气很大，他打掉江丰手里的枪，两人在地板上扭打起来。很快，他就掐住了江丰的脖子。

江丰感到一阵窒息，他的双手拼命地推搡着沈汉强的脸，但却没有用。无奈之下，他用手摸索着周围，试图找到可以使用的工具。江丰摸索到一个花盆，他猛地砸在了沈汉强的脑袋上。

沈汉强一阵晕眩，不由自主地松开了手，等他缓过神来的时候，江丰已经用一块碎玻璃架在了沈汉强的喉咙处。见要害被人拿住，他只得老实下来。

“别动！”

江丰大口呼吸着空气，他伸出手指，慢慢靠近沈汉强的脸。

沈汉强面无表情地看着江丰伸手在自己的左眼下方按了一下。一串数字逐渐在他眼前展开，透过数字可以看到江丰严峻的面孔。

江丰缩回手，又按了按自己的左眼睑，蓝色的光斑闪现出来。

两个男人对视着。各自的左眼前都浮现出蓝色的倒计时数字。

江丰的是01：25：47。

沈汉强的是23：11：32。

江丰激动地问道：“我去报案的那天下午，你说去记忆大师查线索，其实是去取回记忆对吗？”

沈汉强没有回答，但脸上的表情等于默认了。

江丰恼羞成怒，他怎么也没有想到，和自己拿错记忆的人竟然会是沈汉强。几天来沈汉强协助自己的画面在他的脑海中闪过。江丰感到被欺骗，眼睛里浮现出杀机。

他用玻璃片划向沈汉强的脖子，但只擦出一道很浅的伤口便被沈汉强挡了下来。沈汉强用头狠狠撞了一下江丰

的下巴，顺手打掉了他手里的玻璃片。

江丰不肯罢休，从后面死死勒住沈汉强的脖子。

沈汉强喘不过气来，拼命挣扎着，但意识却渐渐模糊。在意识弥留之际，他抄起木棍，用尽全力回手砸向江丰的头部。

“啊——”

江丰被打得头晕目眩，翻滚到一旁，昏厥过去。

沈汉强躺在地板上，筋疲力尽，他试图站起身来，但刚一使劲，就眼前一黑，同样晕倒过去。

44.

不知道过了多久，朦胧中，江丰感觉有人在翻动自己的眼皮。一道刺眼的光亮直射过来，他慢慢睁开了眼睛。

只见陈姗姗正在给自己做着检查，她见江丰醒了，兴奋地对旁边的人说道：

“终于醒了，得尽快把他送到医院去！”

陈姗姗往后挪了挪身体，张代晨出现在江丰的眼前。

江丰看到妻子安然无恙，十分激动，他急着坐起身来，但只觉得全身上下撕裂一般的疼痛，脑袋更是一阵天旋地转，又倒了下去。

张代晨赶紧把他扶起来。

江丰问道：“晨晨，你没事？”

张代晨含着泪摇摇头。

“我没事，刚才应该是被他下了药。”

江丰立刻道：“你们要小心沈汉强！人都是他杀的，

我的记忆也是被他拿走的。”他一边说一边向刚才和沈汉强搏斗的地方看去，只见那里空无一人。

张代晨和陈姗姗没有答话，看起来都很紧张。

江丰顺着她俩的目光看去，只见沈汉强背对他们坐在花房门口，不知道在干什么。

陈姗姗看着江丰夫妻，愧疚地道：“对不起，是我害了你们。沈警官说代晨姐也是家暴受害者，他害怕李慧兰事件重演，便让我多多关照代晨姐。”

江丰疑惑地问：“可代晨说这是你家啊。”

陈姗姗摇着头：“这是沈警官外婆的房子。沈警官说你的情绪非常不稳定，但今天公安局就会因证据不足释放你。他说怕你伤害代晨姐，便给我钥匙让我带她到这里来躲一躲。我怕代晨姐不放心，就说这是我家……”

江丰和张代晨对视了一眼，均有种说不出来的感受。

陈姗姗又道：“对不起……代晨姐，我以为我是在帮你……但没想到被他利用了。”

“不关你的事。”

这时，沈汉强忽然站起来，走进花房，把门反锁上。他的腿伤得也挺重的，不停地在流血，脖颈处还有江丰造成的勒痕。

三人见他走近，手里还拿着刚才掉在地上的枪，都紧张起来。

江丰勉强站起身，把张代晨和陈姗姗护在身后。

“你们别怕，冷静点，我来跟他说。”

沈汉强面无表情地盯着张代晨：“就差那么一点点。如果刚才江丰开了枪，一切都结束了。你知道吗？其实我不想连累你跟孩子的。我记得你说过，如果生男孩就叫家凯，女孩就叫以贞。对不对？”

从沈汉强的嘴中听到了江丰的记忆，张代晨惊讶地捂住了嘴。

江丰猛地回想起第一次进行删除记忆手术时自己设定的术后检测问题。那个护士问的两个名字原来是代晨想给孩子起的名字。

沈汉强喃喃地道：“现在好了。你……”

江丰觉得一阵恶心，大吼道：“你给我闭嘴！这是我的记……”

“砰！”

沈汉强对着江丰的腿开了一枪，说道：“安静点，我还没说完。”

江丰惨叫一声，捂着腿跪在了地上。

沈汉强扭过头，继续对张代晨说：“我知道那些年为了怀上个孩子，你吃了那么多药，打了这么多针。但你知道吗，我真的不是不想要孩子，我只是不想要你受苦。”

张代晨感到毛骨悚然：“别说了……我不准你用我老公的记忆跟我说话……”

“好，那我不说了。”

沈汉强举起枪口，对准三人。

江丰忍着剧痛喊道：“你冷静点！杀了我们你也逃不掉的。”

沈汉强笑着说：“怎么逃不掉？凶手陈姗姗杀了你老婆，你抢了我的枪杀了陈姗姗，我在阻止你的过程中误杀了你。这是唯一的办法了。”

“还有别的办法。你不是想让我删除记忆吗？我们一起去做记忆手术，把这几天的事全都删掉。一切回到原点，就当什么都没发生过。”

听了江丰的话，沈汉强显然犹豫了。

江丰继续说道：“我只想和我老婆回去过正常的生活，其他的事我真的不在乎。”

“那你身上的伤怎么解释？”

“这只是意外，我不会报案的，我发誓！”

沈汉强歪着脖子，似乎在认真思考着该如何决定。

三人正松了口气时，沈汉强突然举起枪，一枪打在了陈姗姗的胸口。

“不要！”

“住手！”

陈姗姗倒了下去，她难以置信地看着沈汉强，口中呛出了一大口鲜血，眼前逐渐变得漆黑一片。

张代晨扶起陈姗姗，将她的头靠在自己胸口，哭着喊道：“姗姗！”鲜血染透了她的上衣。

江丰见沈汉强突然开枪杀人，眼神逐渐变得冰冷起来，他恶狠狠地对沈汉强说道：“你根本就是个怪物！”

沈汉强不以为然地道：“我是怪物，那你是什么？我看过你的记忆，有那么一秒钟，我们根本是同一种人。”

江丰不解地望着他。

沈汉强讥讽地道：“你当然不记得了。在你决定和张代晨离婚的那个晚上，她喝得酩酊大醉，还把你的稿纸弄湿了。你曾经想过要用酒瓶打死她。在你举起酒瓶的那一刻，我就知道，我们是一样的。”

江丰的脸色变了变，随即他回头望向妻子。

令他没有想到的是，张代晨给了江丰一个坚定的眼神。

江丰的心里感到一阵温暖，他对沈汉强说道：“你错了，我们不是同一种人。就是因为那一秒钟我下不了手，所以我跟你不一样。”

沈汉强哼了一声，再次举起枪，对准江丰。

张代晨突然冲了上来，站在江丰身前，为他挡住枪口。

“你要杀他就先杀了我吧！”

沈汉强皱起眉：“你真以为我不敢杀你？”

张代晨决定赌一把：“如果你脑袋中装着我丈夫的记忆……你绝对不可能开枪打我！”

沈汉强想要扣下扳机，但张代晨的音容笑貌不停地在他的脑海中回闪。

他捂住脑袋。

“不……”

“咣啷！砰！砰！”伴随着玻璃破碎的声音，枪响了。

张代晨吓得闭上眼睛。

“晨晨，晨晨！没事了。”江丰拽着她的衣服说道。

张代晨睁开眼，只见自己安然无恙，反倒是沈汉强的手臂和肩膀都中了枪，血正从他的肩上流下来。

雷子站在花房外，正举枪指着沈汉强。玻璃被子弹打破，碎了一地。

“师傅，请把你的手放在我看得见的地方！”

外面警笛声大作。

CodeMaster

45.

一刻钟后，医疗人员把陈姗姗抬上了救护车。江丰和张代晨也在车上接受治疗。戴着手铐的沈汉强在另外一边接受伤口护理。

雷子看着师傅，心情十分复杂。在他赶来紫檀路之前，李小芸交代了沈汉强让她替自己保密的事情。雷子本不愿相信这一切，但当他联想起时常来找师傅要钱的沈伯父，还有师傅对待自己父亲的态度，一切已然明了。

他慢慢走到沈汉强的旁边。

“师傅……”

沈汉强戴着手铐，脸色苍白，肩头的伤口已经做了包扎。他抬了抬眼皮，默默地道：“雷子，不要再喊我师傅了。”

“你为什么要这么做？”

“我把记忆取出来了……不记得了。但我知道，人确实是我杀的。李慧兰，还有那个女人……”沈汉强的面孔突然变得狰狞起来，“我一点也不后悔。这些女人死到临头还要护着自己的丈夫。我帮着她们解脱，她们应该谢谢我才对。”

雷子倒抽了一口气，眼前的这个人哪里像平日教导自己的师傅，简直就是另外一个人。

他不愿再看到这样的沈汉强，示意两名警员将他带走。

与此同时，雷子突然想起如果江丰不在今天做完手术，记忆就取不出来了。于是连忙对一名警员说道：“快！把江丰送到记忆大师去！”

警车在前方开道，急救车风驰电掣地向记忆大师医疗中心驶去。

窗外的风景快速闪过，车子驶入市区，五光十色的霓虹灯光透射进车里，照在了江丰和张代晨的脸上。

张代晨感到内心一阵平静，她把头靠在了江丰肩上。

江丰握住妻子的手：“谢谢。”

“为什么要谢我？是因为你爱我，他才开不了枪。”

“不对。他没开枪并不是因为在记忆中我爱你……而是在记忆中，你也爱我。”

张代晨笑着点了点头。

车速降了下来，路前方发生了交通事故。

江丰抱歉地道：“对不起，时间应该来不及了，那些关于我们的记忆再也拿不回来了。”

张代晨没有说话，她打开车窗，让风吹进来。她的长发随风摆动，脸庞就像十年前看房时那样动人。她把江丰的手放在自己肚子上：

“初次见面，我叫张代晨，是你的妻子。另外，谁说记忆找不回来——”张代晨从包里拿出了一台DV，“这是你在去记忆大师中心删除记忆前放在书房的保险柜里的。你还改了保险柜的密码，以为我不知道吗？”

江丰惊讶地看着DV，他不记得自己放过这个，难道这段记忆也被自己删掉了？

“还有啊，你改的密码也太好猜了。下次再想改可不能用我的生日喽。”张代晨一面说一面打开DV，里面有几段视频，视频上都是江丰自己。

一段视频中，江丰站在出版大厦的旋转门外，神情看上去很沮丧。

他对着镜头说：“江丰，这是你第一次见到张代晨的地方。当时你心里在想，如果这个女孩肯看你一眼，你愿意拿你的一切来交换。”

说完这句话，他掏出着自己的婚戒对着镜头继续说道：“江丰，你知道为什么你的戒指刻着Wind，她的戒指刻着Sunshine吗？如果不是那阵风和那天的阳光，你们根本不会相遇。”

另一段视频中，江丰站在荣华酒店的礼堂内。

他对着镜头说：“江丰，这是你第一次上台领奖的地方。你别忘了那天你发过的誓，要让她一辈子幸福，不要再让她哭了。”

看到这里，坐在救护车里的江丰忍不住流下了眼泪。

他从张代晨手里接过DV，开启录影模式，对着镜头说道:

“江丰，你在这里伤过她的心。如果还有第二次机会，你一定要像最开始那样爱她。”

END

记忆大师

BATTLE OF MEMORIES

电影花絮

J L Fisher

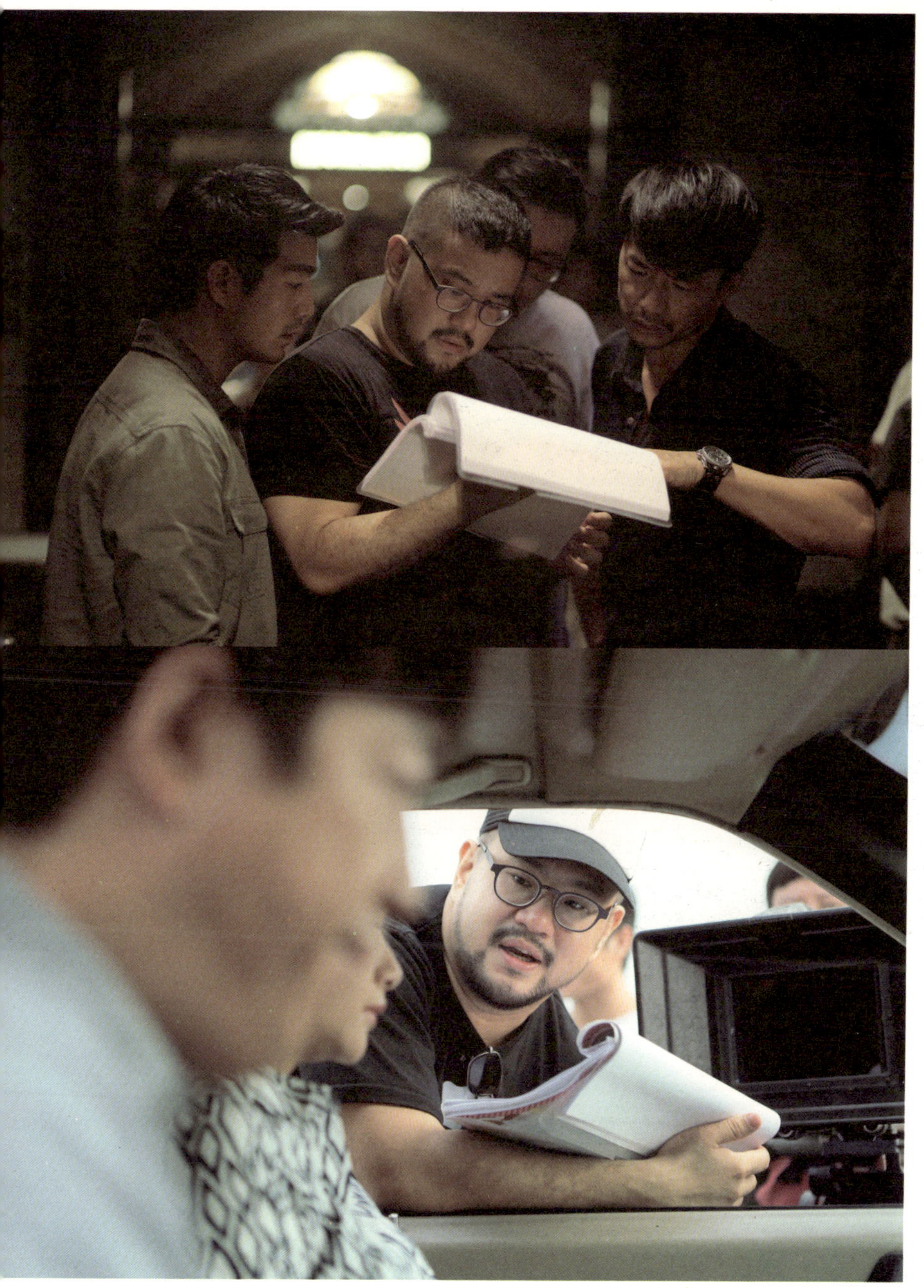

adidas

BATHING
APE
SURVIVAL OF THE